◆◆ 中国文学名家小小说精选丛书

台风刮来的爱情

刘长虹　著

南　昌

图书在版编目（CIP）数据

台风刮来的爱情 / 刘长虹著 . -- 南昌 : 江西高校出版社 , 2025. 6. --（中国文学名家小小说精选丛书）.
ISBN 978-7-5762-5587-4

Ⅰ . I247.82

中国国家版本馆 CIP 数据核字第 2024E8R519 号

责任编辑　左剑涛
装帧设计　夏梓郡

出版发行　江西高校出版社
社　　址　江西省南昌市新建区工业二路 508 号
邮政编码　330100
总编室电话　0791-88504319
销售电话　0791-88505090
网　　址　www. juacp. com
印　　刷　鸿鹄（唐山）印务有限公司
经　　销　全国新华书店
开　　本　650 mm×920 mm　1/16
印　　张　13
字　　数　160 千字
版　　次　2025 年 6 月第 1 版
印　　次　2025 年 6 月第 1 次印刷
书　　号　ISBN 978-7-5762-5587-4
定　　价　58.00 元

赣版权登字 -07-2024-970

图书若有印装问题，请随时联系本社 (0791-88821581) 退换

CONTENTS
目　录

073 / 第三辑　清风廉影

111 / 第四辑　旧瓶新酒

151 ／第五辑　异想天开

第一辑 乡村图景

审孝子

祖父两个时辰后出殡，抬棺的“八大脚”都到齐了。

紧跟其后的是“八大爷”也都齐了。

“走程序，审孝子，程序不走不抬棺。”“八大脚”齐喝道。

“对！审孝子，走程序，孝子不审不抬棺。”“八大爷”应和道。

“八大脚”是八王村力气最大的八个男人。皮肤黝黑，满脸横肉。

“八大爷”是八王村德高望重的八位老者。手持祖传皮鞭，道骨仙风。

孝子是我的父亲、大伯，还有小叔。三人披麻戴孝，跪成一排，他们头顶冒汗，瑟瑟发抖。

审孝子是我们八王村人的祖传规矩，谁家死了人都躲不过。正因如此，八王村很少有逆子，一个比一个孝顺；也正因如此，八王村的男人没有一个父母死后不挨打的，孝顺也得打，这是规矩，这是必走的程序，否则“八大脚”不肯抬棺，父母就不能入土为安。

“你爹爹怎么死的，从实招来！”“八大爷”开始问话了。

“病死的。”父亲和小叔一起回答。大伯一语不发。

“什么病？医治否？”“八大爷”接着问。

“心脏病。在县医院住院一月余，不治而亡。”父亲和小叔继续回答。大伯依旧一语不发。

“县医院怎么行，干嘛不去省医院？拿爹爹命当儿戏是吗？逆子，逆子，逆子！欠打，欠打，欠打！”“啪，啪，啪！”父亲和叔伯被相继打倒在地。

那年月，八王村人穷得连饭都吃不上，村里老人病了，大多找个乡村“赤脚医生”瞧瞧，吃几颗药片，就听天由命了。能去县医院住院的都是那些有钱人。我们不是有钱人，但父亲和小叔还是送祖父去县医院住院治疗了。为此，卖了耕牛、粜了粮食，孝心苍天可鉴。要说不孝也只有大伯了，八王村的人都知道，他游手好闲，不愿赡养祖父。难怪他一语不发。

“爹爹走时，你们可在身边？”“八大爷”的声音再次响起。

“家父住院一月余，直到驾鹤西去，我们一直伴其左右，递茶倒水，一刻都不曾离开！”父亲和叔伯再次回答。大伯还是像哑巴一样不说话。

“放屁！我就听说你们几个一直都不在，把爹爹给活活气死了。逆子，逆子，逆子！打，打，打！”“啪，啪，啪！”父亲和叔伯再次被“八大爷”的祖传皮鞭打倒。

“别打爹爹，他是一直陪着祖父的。”那时，我10岁，堂哥12岁，堂弟8岁，已懵懵懂事的我们，看自己的爹爹被打的一塌糊涂，便上前拦住了“八大爷”手里的皮鞭。

“小兔崽子，滚到一边去！打，给我打！生前不给爹爹饭吃，不给爹爹衣穿，虐待爹爹，打！逆子，欠打！”八大爷把我们推到一边，把父亲他们又打了起来。

时候没到，审孝子的程序还在进行……

话没交代清楚，父亲和叔伯还得继续挨打……

“时候到——起棺——起棺——”

下葬的时候快到，孝子终于审完了。一阵手忙脚乱后，“八大脚”终于抬棺了。顿时，唢呐呜咽，鞭炮齐鸣，哭声撼天，纸钱飘飞……

祖父出殡后，挨过打的父亲和叔伯都下不了炕了。

父亲问我：“娃，你说爹爹孝不？”

我说：“孝。您顿顿喝玉米糊糊，给祖父吃白面馍馍；祖父生病，您是一直陪着的，您是八王村头一个带自己爹爹去县医院治病的。都怪那八个老头蛮横无理。”

“那大伯呢？”父亲接着问。

“不孝。他不养活祖父，还经常喝酒闹事。该打。”我说。

父亲再没说话。

几天后，父亲和小叔很快就康复了。大伯挨得打最多，伤得最重，在炕上躺了两月多，走路还一瘸一瘸的。

“哥，你以前是不孝，可爹爹生病时，你不是做得比我们都好吗？爹爹住院两万元哪来的？我们的几颗粮食能值几个钱？一头耕牛能值几个钱？那钱多半是你卖血换来的啊！谁说你是逆子，你是八王村第一个为父母治病卖血的，你才是真正的孝子啊！那天你怎么不对‘八大爷’说呢，你傻啊你？”父亲朝大伯吼道。

“孝敬自己的爹爹是我的义务，干嘛要告诉外人啊！”大伯面无表情地说。

“谁说‘八大爷’就是铁面无私的包公，我哥他就是天大的冤枉啊！”父亲深深叹了口气。

据说后来为这事“八大爷”悔恨莫及，烧掉了祖传皮鞭，审孝子的规矩从此在八王村被取消了。

但奇怪的是，几十年过去了，八王村的孝子却越来越多。

（原发《微型小说选刊》2016 年第 18 期“创作园地”栏目，后被《小小说月刊》《传记 传奇文学选刊》等多家刊物转载，入选 2020–2021 南京师大附中九年级（下）期初语文试卷阅读理解题，入选《广东五年小小说选》）

◀ 留守的作家

凤凰村凡是身体健全的年轻男人都外出打工了，只有作家一人和妇女老人孩子一起留守在村庄里。

凤凰村凡是外出打工的人都盖起了新房，过上了幸福生活，只有作家吃着政府低保，住在破旧低矮的瓦房里编织着自己五彩斑斓的文学梦。

作家物质贫困，却精神富足。作家一篇接一篇地发表作品，一本接一本地出版书，名字一次又一次地出现在当地报纸上，整个凤凰村乃至整个市里谁都没有作家风光。

但风光毕竟不能当饭吃，作家三十多了还孤身一人，相亲几次，见面没谈几句，都吹灯了。好心人劝作家不要再呆凤凰村受穷，出去打工赚钱。作家冷笑："燕雀安知鸿鹄之志？一个有乡土情结的作家，怎能离开生养自己的故土？"相劝者碰得满鼻子灰，自讨没趣。时间长了，就再没人劝作家了。

时间一年年过去，作家陆续加入了县作协、市作协、省作协、中国作协；出版的书、发表作品的样刊样报、获奖的荣誉证书越积越多，占了作家大半个屋子。三更半夜，创作累了，孤单了，寂寞了，作家就一遍一遍看自己出版的书、发表的作品以及写着自己名字盖着大红印章的荣誉证书……看着看着，作家就感到醉醺醺的，像刚喝了半斤二锅头……然而，作家还是日渐穷困潦倒了。

凤凰村的人都觉得作家这辈子完蛋了，再也活不出个样儿来了，以至于，很多人都把作家当成了教育孩子的反面典型。作家听了，不以为意，淡淡道："万般皆下品惟有读书高，没有作家娃儿们哪有书读？"作家慢条斯理，好事者无言以对，直到有一天作家被嘲讽。

嘲讽作家的是村里开小卖店的会计媳妇儿美菊。作家创作前通常有抽根劣质香烟熏灵感的习惯。这天没烟了，作家就去美菊店里。红双喜 8 元一包，作家口袋底都翻朝天了，只掏出七块五。差 5 毛，美菊不卖给作家，作家就说美菊势利，拿 5 毛钱都当回事儿。美菊也不是省油的灯，嘲笑作家："不势利别吃低保，别当国家的包袱！有本事你写出很多钱来？一个大男人窝在家里，真服了！"当时小卖店人很多，作家差点没找个地缝儿钻进去。

作家的自尊受到了严重创伤，作家发誓不再吃政府低保，不再当国家的包袱了。村主任怕作家饿死，亲自登门送钱。作家不要。作家说他要自食其力，要发家致富。"发家致富？要能发家致富早富得流油了。"凤凰村人压根儿就没人把作家的话当回事儿。

但几天后，在凤凰村人质疑的目光中，作家真带着这些年出版的书，经过挑选的样刊样报以及部分荣誉证书，离开了凤凰村。

没有多久，凤凰村人就听到了一个让他们目瞪口呆的消息——凭着多年练就的扎实文字功底，作家在省城一家报社做了记者。而且县报很快对此做了报道。那些曾经为作家生活担心的好心人，终于舒了一口气。

作家在报社的工作安静而又舒坦，只是鱼和熊掌不可兼得，大量的时间精力用在了工作上，作家的创作严重受到了影响，属于自己的文学作品越来越少了。作家想到自己违背了心中的文学梦会有点失落，只有想到每月几千元工资和美菊嘲讽的嘴脸时，心里才略感欣慰。不过更欣慰的是，进报社后，作家谈到女朋友了。这时，所有人都说，浪子回头金不换，这回作家生活有盼头了。

可谁能料到，两年后的一天，作家孤零零一人又回到了凤凰村。

作家怎么回来了，被报社开除了？看作家神采奕奕的样子又不像是开除，那到底怎么了？凤凰村人百思不解，问作家也没问出啥结果，作家只说："跟你们说了也没用，燕雀安知鸿鹄之志？"

作家到底为何回来了？凤凰村人没谁知道。只是有人说，作家回来当晚，在日记上写下了这么一句话："舞文弄墨十余载，终于攻下《人民文学》，还是安贫乐'道'好！"消息是否属实无从得知，但从此，作家再没离开过凤凰村。

（原发《小小说·大世界》2016 年第 7 期）

村主任叫俺去打工

“一个大后生跟羊屁股后面，一年能折腾几个钱，进城打工得了，黑羊沟几百号子人就数你懒……”天刚麻麻亮，村主任就又来俺家叫俺进城打工了。

村主任说得对着哩，确实村里的年轻后生就剩俺没进城打工了，也正是这样，别人都修起了新房，就俺家还住在破窑里；但村主任说得也不全对，不进城打工不是俺懒，是有难言之隐。

“美香开门，美香开门……”三年前惊心的一幕不由再次在俺的脑海里浮现。

那晚，俺家一只母羊下崽，俺在羊圈里守着。到凌晨，突然听到，有人敲邻居美香家的门。美香老汉疙瘩娃白天才被村主任送城里打工，深更半夜的，后生不在又没院墙，会不会闹啥事，俺得去瞅瞅。走近一看，屋里头灯亮着，敲门的居然是村主任。俺赶紧屏住呼吸，躲在一棵大柳树背后瞧着。“美香开门，俺给你钱！”村主任依稀掏出一张钞票，往美香家门缝儿里塞。门没开。村主任犹豫一会儿，又掏出一张往里塞，声音越来越急促：“美香开门，美香开门！‘幺洞洞’，‘幺洞洞’……”“砰”地一声，门开了。村主任进去后，门又关上了，灯也灭了。

俺心里暗暗骂了一句娘，为疙瘩娃愤怒——这工打的，钱还没赚到后院先失守了。不过，这事俺没告诉任何人，包括俺家里人。

往后两年村主任又陆续送不少年轻人进城打工，他们大多屋里都有个年轻漂亮婆姨。

“二狗，瞎想啥呢？稀泥巴糊不上墙！”村主任瞪俺一眼，气冲冲走了。

村主任走后，娘和婆姨又跟着数落起俺来了。

娘说：“村主任是为俺们好，你看你，别人家都盖新房了，可俺家呢？俺看你，啃羊屁股啥时是个头儿！”

婆姨说：“何二狗，你听好了，再不进城打工赚钱，咱就崩！这苦日子俺是受够了，嫁你个窝囊蛋，真是瞎狗眼了！”

村主任讥讽俺也就得了，现在连娘和婆姨也这样，真憋屈！村主任叫俺进城打工，不就是想打俺婆姨春菊的主意吗？俺把那晚看到的一幕当着娘和婆姨面说了。

娘听后当即破口大骂：“二狗，嘴是胡吃胡喝的，不是用来胡说的！村主任啥人，全黑羊沟谁不明白，你咋就为个懒不想进城打工，满嘴喷粪呢！”

得哮喘病躺在炕上一向很少说话的爹，也开腔了：“畜生，人这辈子坏良心的事情不能干，毫无根据的话不能说，村主任是啥人，是俺家的恩人啊！低保、残疾补助……都是谁给俺争取的？没有村主任，俺这把老骨头怕早埋在黄土疙瘩里烂成泥巴了，咳咳……”

婆姨更是火冒三丈，又哭又闹，质问俺到底把她当啥人了。

连家人都不相信俺，真是百口莫辩！也难怪，村主任德高望重，在他带领下，黑羊沟年年被乡里评为先进村，那一幕要不是俺亲眼见到，俺也不会相信。

这时，村主任又来叫俺了。

这回婆姨下了最后通牒，如果俺还不进城打工，在家守她，就跟俺崩！

怎么办呢？进城打工肯定不行，俺前脚走后脚还没出门，村主任就会来找俺婆姨了，疙瘩娃的哑巴亏俺可是不吃的。可不进城打工，村主任天天叫俺不说，婆姨还以离婚威胁，这可咋整？

恨，开始在俺心里滋生、膨胀……

"俺让你叫俺进城打工，俺让你睡俺婆姨，俺废了你！"终于有一天，俺喝下一瓶老白干后，借着酒劲儿，朝村主任胯下狠狠一酒瓶。

"哦……"随着一阵钻心的痛，俺从梦中惊醒。

听好了，俺可不是梦中那放羊的何二狗，俺是黑羊沟的村主任，刚才是俺做了个梦，梦中自己居然是个大色狼，后来被放羊的何二狗给废了。

日有所思夜有所梦，难道连俺这个黑羊沟思想境界最高的一村之长，都开始胡思乱想了？哎，都怪俺这几年光想着发展经济争先进，把村里后生赶出大山到城里打工了，现在整个村子女儿国似的，全是女人，多惹眼！这样下去，黑羊沟怕早晚要出大事的！

这样想着，俺赶忙开灯起来，把村里进城打工的后生名字统计了一遍。

天一明，俺就大喇叭里通知，让把进城打工的后生都唤回来，如果谁有本事让大伙在大山里发财，俺就举荐，让全村选他当村主任……

（原发《蓝田文艺》2015 年第 4 期）

舅父的“洋年”

西北农民一辈子被庄稼拴在黄土地上，没见过大世面，碰到新鲜玩意儿，喜欢在前面加个“洋”字，比如把外国人叫“洋人”，把火柴叫“洋火”，把瓷盆、瓷碗叫“洋瓷盆”“洋瓷碗”，把香皂叫“洋碱”……还有就是把阳历年元旦叫“洋年”。

我老家甘肃乡下也有“洋年”的说法。但在过去那些穷苦的年月里，除了我的舅父，再没谁过“洋年”。

每年元旦，舅父放串100响的鞭炮，全家人吃一顿洋芋馅的饺子，就算是把年过了。临近春节，当大伙儿都杀年猪、办年货、蒸馒头、贴春联……张罗着过年时，只有舅父一点动静儿都没有。别人问他：“赵阿伯，你们家的咋不准备过年呢？”舅父嘿嘿笑着说：“我们的年早过了，我们过的是‘洋年’！”“那老年不过了？”“不过了，赶时髦过‘洋年’！”大家听后再没人说话，各忙各的去了，只留下舅父一个人在那里。

尽管舅父只过“洋年”不过老年，但开始很多亲戚还都会去他们家拜年的，有的还带着娃蹭见子钱（压岁钱）呢！可舅父给亲戚连顿饭都不管，就更指望他给带来的娃发见子钱了。每每有亲戚来，舅父总是先假装大吃一惊，然后问：“今天不年不节的，咋拿这么重的礼物？”这话弄得亲戚很是尴尬，半天才说：“不是过年吗？”“过年啊，这老年我们早就不过了，我们赶时髦过‘洋年’呢！”舅父话说到这份儿上，第二年别人就不再来了。

儿时，看着别人的舅父都给外甥发见子钱，买好吃的好喝的，我们便会在心里埋怨自己舅父太小气，老年都不过。每次碰到舅父，便冲他喊“小气鬼”。舅父听了也不生气，笑着向我们解释，说：“只有那些没见过世面的人才过老年，见过世面的人都是过‘洋年’的！”舅父当过兵，见过大世面，对他的话我们自是深信不疑。从那时起，我们不仅不再埋怨舅父小气不过老年过“洋年”，还反倒闹着让自己父母也学舅父过“洋年”。

但令人奇怪的是，自从舅父儿子我的表哥大学毕业后，舅父不仅不再“赶时髦”过“洋年”，而且把老年过得比别人都隆重，给亲戚家娃发见子钱也出手大方，每年一个大红包，不要都不行。当我问他为什么不再赶时髦过“洋年”时，舅父叹口气说：“当年哪里是赶时髦啊？只不过是你表哥脑瓜子好使，书读得好，而我又没本事，除了种地再没来钱的活路，为省钱让他读书，我假借赶时髦找借口逃避过老年罢了！”

（原发 2016 年 1 月 10 日《中山日报》）

嫁给一台电视机

“兰兰出嫁不嫁人，嫁了一台电视机！电视机，只能看，不如一碗馓面饭……”20世纪80年代，这句顺口溜在我老家四处传播。

兰兰是我的大姐，大眼睛，瓜子脸，樱桃小嘴，长得秀丽端庄，是我们村里万绿丛中的一点红。但是，眼看闺蜜们都一个个做妈妈了，她还依然待字闺中。当然，迟迟未嫁，并非没人上门提亲，大姐到了16岁，上门提亲的就把门槛儿快踩断了，只是她对男方除有品行端正、能营务好庄稼这些基本要求外，还必须出钱给娘家买台黑白电视机。

农村人朴实、勤劳，品行端正，能营务好庄稼的男人一大把，可买台黑白电视机可不是件容易的事。那时候黑白电视机刚在农村兴起，一台14英寸的就要八百多元，土里刨食的农民就算一辈子，也难挣够这个钱。就是因为这个，不少上门求亲的，都知难而退了。

“要电视机？要不要天上的飞机啊？这等婆娘谁敢要，就等着养老女子吧！”那些求亲未成者都私下里七嘴八舌。

“闺女，别人话丑理端，还是找个合适的嫁了吧，我们都不喜欢看电视，要那玩意儿有啥用？”爹娘一遍接一遍给大姐说好话。

可大姐认准了的事儿，九头牛也拉不回来，说不信世上就没个愿意为她买台黑白电视机的男人，她一定要等到这个男人出现。

又是一年过去，大姐不但没盼来那个愿意给她买黑白电视机的男人，而且在外的名声越来越坏，甚至连我这个做弟弟的，都听信别人谗言，认为自己大姐是个爱慕虚荣的坏女人。

在爹妈的以死相挟下，大姐正准备放弃她要黑白电视机的不合理要求时，愿意为大姐花钱买黑白电视机的那男人出现了。

我们老家土地贫瘠，但矿产丰富，老家人除了土里刨食，还有条门路就是背矿。背矿来钱很快，个把月就能挣几百元，但当时矿上安全防范很差，瓦斯爆炸死人的事经常发生，不到万不得已，是没人愿意下井背矿的。为娶媳妇下井冒险的男人，就更不会有了。但那年，却有个男人为我的大姐下了一回矿井。

这个男人是个孤儿，家里一贫如洗，早过了娶妻的年龄，还是光棍一条。当他听说我的大姐，要求男人给娘家买台黑白电视机才嫁的消息后，毫不犹豫地下了矿井。

三个月后，这个男人手里拿着一台 14 英寸的黑白电视机，出现在了我们家院子里。爹娘知道这人的家世背景，死活也不同意这门亲事。爹说话最狠：“闺女没人要老在娘家，也不嫁你这个穷光蛋！”但大姐却十分愿意，她说：“人生在世，女人能碰上一个愿为自己流汗，愿为自己冒险的好男人，不嫁他嫁谁？”爹娘拗不过大姐，最终答应了这门婚事。

大姐嫁走了，留给我们的是一台黑白电视机。爹娘显然还在生大姐的气，大姐走后，他们赌气不允许我们看大姐留下的电视机。那时，我也十多岁了，听别人说大姐是个爱慕虚荣的坏女人，也在跟大姐赌气。直到大姐转头回娘家时，才说破其中缘由。

“爹，你还记得小时候带我去王有财家看电视的事吗？人家嫌我们这些穷人烦，放出恶狗把你追几里地，你背着我跑啊跑啊……豆娃（我小名），你还记得那年演《绝代双骄》，你为了在别人家看电视，趴地上给张富贵儿子当马儿骑的事吗？我要嫁人离开你们了，没什么能给你们的，留台黑白电视机，就是让你们以后少受别人的窝囊气啊！”

“我的娃，你怎么就这么傻啊！”爹娘听后抱住大姐泣不成声。

我也觉得错怪了大姐，有愧于她。好在正如大姐说的：嫁给一个愿为自己流汗、冒险的男人值，大姐夫真是个有担当的好男人，不仅疼爱大姐也孝顺我的爹娘，我们这才内心释然。

在那物资匮乏的年月里，大姐出嫁时留给我们的那台黑白电视机，给我们一家老小带来了无穷无尽的欢乐，也照亮了我的童年……

（入选《新时代的精灵——“东江杯”全国小小说大赛作品选萃》（团结出版社））

◀ 隔壁有盏守护灯

儿时，我家隔壁有一盏灯，很乖、很亮，还通人性。晚上，我们需要它时，自动亮着；我们睡觉时，自动熄灭。母亲说，它是菩萨的神灯，专为爱学习的孩子亮着。可长大后，我才知道，根本不是这么回事。

那年暑假，我 8 岁，父亲出车祸去世了。什么叫去世，那时我还不懂。只记得，打那以后，我们原本贫穷的家变得更加困难了，白面馍没再吃过，因没钱交电费，家里的电灯泡也没再亮过，母亲还多了个名字叫小寡妇。

寡妇门上是非多。从父亲去世后，我们家再没人来过，母亲也变得寡言少语起来，怕出门怕见人。那段日子，家里阴森森的，夜里撒泡尿，我都不敢出门。这时候，隔壁的李二伯，在自家院子里竖起了一根旗杆一样高的竹竿。李二伯是个独臂残疾人，孤身一人，他这是干吗呢？邻居们都说他疯了。他笑笑，说："对面住着小寡妇，她家黑灯瞎火的，我在竹竿上挂盏 500 瓦电灯泡，免得大家说我光棍汉闲话。”

邻居们都笑他是掩耳盗铃。

母亲听这话开始提防起了他。为了安全起见，每晚天没黑就把大门牢牢锁上了。

可后来的事实证明，李二伯对母亲并没歹意。

有天晚上，我又怕黑不敢出门撒尿。母亲冲我喊：“怕啥？手电筒带上！”母亲话音刚落，突然，外面亮了起来，白天一样。我出去一看，是隔壁李二伯家那盏挂在竹竿上的灯亮了。自从父亲去世后，家里没钱交电费，电就被停了，我都很久没见到这么亮的灯光了。看着屋外暖暖的灯光，我心里暖暖的，再也不害怕了。

往后，只要我说要撒尿，母亲喊一声让我带上手电筒，隔壁李二伯家竹竿上的灯就亮了。我问母亲：“娘，这是什么原因？”母亲想想，说：“可能是李二伯怕我们出去偷他家东西，亮着灯监视我们。”听了母亲的话，我觉得李二伯真坏。但不管怎么说，这盏灯都给了我温暖，让夜晚变得没那么可怕了。

真正发现这盏灯，很乖、很亮，还通人性，是在我开学后。那时候，天一黑，这盏灯就自动亮起来了。打开窗户，灯光洒进我们的小屋，很亮、很暖和，借着灯光，我可以做家庭作业，母亲可以缝缝补补。到深夜我们睡觉时，母亲大声问我：“小宝，家庭作业写完了吗？”我说：“写完了。”母亲说：“没听到，大声点！”我大声回答：“写完了！”这时，灯突然一下自动熄灭了。

我问母亲：“娘，这是怎么回事？这灯怎么这么乖，我们需要它时，自动亮着；我们要睡觉时，自动熄灭。”母亲再没说李二伯什么不是，只是笑笑，说：“因为它是菩萨的神灯，专为爱学习的孩子亮着。”

我信了，以后更爱学习了。

隔壁这盏很乖、很亮的灯，伴我读完了小学，照亮了我的童年。可让邻居们却失望了，一个光棍，一个寡妇，他们都巴不得能发生点什么，好捕风捉影，给平淡的生活加点油盐酱醋。但直到母亲改嫁搬走，跟李二伯之间还是什么都没发生。

我小学毕业那年，为生活所迫，母亲改嫁到了镇上，我们要搬走了。按照地方习俗，有人搬家，邻居都要送样东西的。我们搬家那天，那些平时嫌寡妇门前是非多，从不登我们家门的邻居都来了，碗碟、暖壶、毛巾、茶杯送我们一大堆。

但李二伯一直都没有来。只是，那晚隔壁那盏很乖很亮的灯亮了整整一夜。我问母亲：“今夜，那盏灯怎么一直亮着？”母亲说：“因为它是菩萨的神灯，你这个爱学习的孩子要搬走了，它想多看几眼你。”这时，我已经 13 岁了，当然不再信这些，但也没有反驳。那一夜，母亲“吧嗒吧嗒”，偷偷流了一夜的眼泪。

母亲再婚后，继父很心疼她，对我也很好，我们再没回过老屋，也慢慢忘掉了之前的事。直到几年后，听到李二伯病逝的消息。有人说，李二伯直到去世时，晚上还习惯性地把竹竿上那盏很乖很亮的灯亮到深夜才熄。又有人说，李二伯去世后，墙壁上还写着：“杨翠梅，我知道我配不上你，但我愿做你的守护灯，晚上谁要敢来欺负你，我亮起灯来保护你！”

杨翠梅是母亲的名字。得到李二伯去世的消息，她不顾继父的感受，在老屋隔壁那盏很乖、很亮的守护灯下，哭了一整夜。

（原发 2018 年 1 月 28 日《中山日报》，入选《2018 年中国小小说精选》《2018 中国年度作品·微型小说》）

最佳巡湖员

为落实上面"美丽河湖建设"的政策，我们村重新清理了湖底，并在湖里栽种上了莲花，投放了鱼苗儿。结果没多久，湖里的水就变清了，湖边居然还飞来了天鹅。老支书看着一只只美丽的天鹅，笑着对大家说："咱这个湖以后就叫天鹅湖吧！"

天鹅湖治污之后迎来了天鹅，成了镇里"美丽河湖建设"的标杆，每天都一拨儿接一拨儿的领导前来考察。可好景不长，就晚上有人偷着在湖里捕鱼了。这天鹅湖现在可不再是我们一个村的天鹅湖，而是整个镇的脸面，这件事得高度重视起来。于是，经村"两委"开会研究，决定以每月600元的补贴在本村聘用一名夜晚巡湖人员。

600元不算多，但前来应聘的人还是非常多，连我们村里"咿咿呀呀"不会说话的光棍老汉李哑巴也都来了。我们村里的领导，除了老支书，都把李哑巴来应聘当成了笑话。村主任对李哑巴："李叔，您老还是回去吧！如果生活上有困难，村里帮您申请补助，但这夜晚巡湖的活儿还真不适合您干！"

最终村主任举荐我们村之前在县保安队当过保安的大宝当了巡湖员。

大宝今年 25 岁，身高 1.8 米，人很机灵，做事也干练。但他上任后的开始半个月还好，可半个月后天鹅湖就又开始丢鱼了。由于是村主任举荐的，村主任就把大宝叫来问怎么回事。大宝低着头说："不让丢鱼，还以后要不要我找媳妇儿了？"这丢不丢鱼和找媳妇儿有什么关系呢？可不管村主任怎么问，大宝也不说。

看大宝干不好，我们村的武术爱好者李龙自告奋勇要接手干，他说："大宝虽然在县保安队干过，但充其量也只是个花拳绣腿，身上没真功夫，碰到一个偷鱼贼还好，若碰上两个三个就连个响屁都不敢放了。不像我，一身的好功夫，撂倒十个八个壮汉也不在话下！"说着，还现场甩拳踢腿地比划了几下。老支书虽然还是不太看好他，但是村里其他领导，尤其是村会计力荐他，就只好让李龙干了。

跟大宝一样，李龙接任后，开始半个多月还好，可半个月后天鹅湖又开始丢鱼了。由于是村会计强力举荐的人选，村会计就把李龙叫来问怎么回事。李龙不好意思地说："我功夫好是好，可这种事情也不能靠打来解决，都乡里乡亲的万一打出个好歹来，我以后还要不要在村里做人？"村会计再问偷鱼的人到底是谁，李龙就不再说话了。

见李龙也干不好，村里的退伍军人铁锤就自告奋勇要接手干，他说："李龙虽然手里有两下子，但是毕竟没在部队的大熔炉里熔炼过，思想觉悟还上不去！不像我，是退伍军人，又是党员，始终把集体利益是放在第一位的！”老支书虽然还是不太满意他，但是村里其他领导，尤其是妇联主任力荐铁锤，就只好让铁锤干了。

跟前两任一样，铁锤接任后，开始半个多月还好，可半个月后天鹅湖又开始丢鱼了。铁锤不愧是党员，思想觉悟高，还没等村里领导找他谈话，就自己找到村委会来辞职了，他说：“这个巡湖员我不干了，再干下去我就要搬家离开村里了。”村领导都听得一头雾水，可追问是什么原因，铁锤就不再往下说了。

接连三任巡湖员都不合格，老支书就说：“我看还是让李哑巴来干吧！”大家尽管都觉得李哑巴并不合适，但再没其他合适人选，也就只能先这样了。

可说来奇怪，自从李哑巴上任后，天鹅湖从此再没丢过一条鱼。至于这是为什么，村里人说法不一：

有人说，偷鱼贼看一个孤苦伶仃的哑巴老头可怜，才发了善心不再偷鱼了！

有人说，开始偷鱼的人就是李哑巴自己，他自己当了巡湖员，自然就不丢鱼了！

又有人说，我们不管谁来当这个巡湖员，都不敢把事情做得太绝，因为我们，包括我们的后代，都还要在村里活人，可李哑巴不同，他这么大年纪了，没儿没女，又是个哑巴，不需要给任何人留面子，更不需要给自己留后路！”

……

说法有很多种，就是不知哪个才是对的。但现如今，我们村的天鹅湖变得越来越清澈，湖里的鱼越来越多，在湖边栖息的天鹅也越来越多，还被评为了国家AAA级旅游观光景点。这一切事实证明，李哑巴是个当之无愧的最佳巡湖员。

大丽和小丽

大丽和小丽是对孪生姐妹，大丽早生小丽两个小时成了姐姐，小丽晚生大丽两个小时成了妹妹。大丽和小丽长得很像，一个人儿似的，要不是大丽双眼皮，小丽单眼皮，外人根本分不出谁是姐姐谁是妹妹。但性格方面，大丽和小丽截然不同，作为姐姐大丽处处迁就着小丽，作为妹妹小丽自私任性。

小时候，大丽和小丽一起上山挖猪草，大丽提着篓子满山跑，累得气喘吁吁；小丽贪玩儿，一会儿抓蚂蚱，一会儿捉蝴蝶，偷奸耍滑。到了回家的时候，大丽的篓子满满的，小丽的篓子空空如也。小丽一看急了，提着空篓子回家，还不被爸妈打死了。小丽灵机一动，对大丽说："姐姐，你挖猪草够累了，我帮你提着，你提我的空篓子就行。"大丽觉得妹妹小丽真懂事，没多想，就把篓子和小丽换了过来。回到家，爸妈看小丽提着满满一篓子猪草，再看大丽提着个空篓子，气坏了。爸妈拿鞋底子打大丽，大丽不跑，也不做辩解。

大丽和小丽很快到了初中毕业，家里穷同时供不起两个孩子上高中。大丽成绩名列前茅，小丽成绩一般，父母商量把读书的机会留给大丽，让小丽退学去城里打工。“凭什么啊，凭什么啊？”小丽知道后大吵大闹。大丽对爸妈说：“妹妹成绩不好，以后会赶上的，我是姐姐，还是让我退学吧！”爸妈叹口气答应了。就这样，读完初中，大丽退学去城里打工了，小丽接着继续读高中。

大丽在城里起早贪黑，省吃俭用挣钱供小丽读书，可小丽根本不是块读书的料，成绩一直没赶上去。三年之后，小丽高中毕业，没考上大学。这时，刚好赶上爸爸工伤提前退休，单位答应让儿女中来个人顶替。爸妈的意思是让大丽去，小丽高中毕业比大丽好找工作。小丽知道后，又是一番哭闹。大丽对爸妈说：“还是让小丽去吧，国企上班需要文化，我干不了，小丽高中毕业，比我文化高。”爸妈叹口气答应了。就这样，大丽还在城里打工，小丽摇身一变，成了国家正式工人。

岁月不饶人，很快，大丽和小丽都到了谈婚论嫁的年龄。村支书儿子高大帅气，当兵转业回来在县邮电局上班，条件好，成了村里未婚女孩共同的追求对象。可村支书儿子，就爱大丽，在部队时就偷偷跟大丽通信了。大丽漂亮、善良、宽容，人见人爱，大伙儿都说，她跟村支书儿子郎才女貌。但小丽知道后，不干了，一哭二闹三上吊，说自己也喜欢村支书的儿子，逼着大丽退出。起初大丽说什么也不干，别的都可以让你，但这是个人爱情啊！后来谁知小丽为达到目的，开始绝食，连续两天水米不进。到了第三天的时候，爸妈心软了，对大丽说：“大丽，我看还是答应你妹妹吧，要不她都要饿死了。”人命关天，没别的办法，大丽只得答应小丽自己退出。

村支书儿子喜欢的是大丽，对小丽不来电，大丽就对他说："你看着办吧，我已经答应我妹妹跟你断了。小丽跟我长得一模一样，就少了一层眼皮，这层眼皮有那么重要吗？"村支书儿子起初说什么也不答应，直到大丽把自己嫁给村里一个农民，才对大丽死了心。娶大丽不可能了，小丽比起别的姑娘，起码有点大丽的影子，后来村支书儿子就跟小丽结了婚。

婚后，大丽跟她的农民老公一起种果树，一起创业发家致富，勤勤恳恳、任劳任怨，没几年就过上了小康生活；而小丽，还是不改自私任性的毛病，蛮横无理，跟村支书儿子三天一小架，五天一大架，没过到半年，两人离婚了。

小丽离婚不久，又赶上企业改制工人下岗，工作也没了。30年间，小丽离婚结婚，结婚又离婚，先后跟五个男人一起生活过，但现在五十多了，还是孤家寡人，连个孩子都没留下。而大丽，一直都跟她的农民老公在一起，安安心心过日子，如今孩子们成家立业，都当上奶奶了。

这是个真事，大丽是我的妈妈，小丽是我的姨妈。每提起她们之间的事，村里的老人们就都说："这人呐，要多替别人想想，千万不能事事只顾自己，养成了自私任性的坏毛病。性格决定命运，在路上时，或许会有人宠着你，让着你，迁就着你，但最终的人生路还要靠自己走，是什么样的结局，谁都帮不到你，就像我们村儿的大丽和小丽……"

十八年，那个人

1

这一年，麦黄时节，我爹去赶集，不幸出车祸死了。我娘哭得天昏地暗。那时，我才六岁。

麦熟一晌，草草处理完我爹后事，乡邻们就都忙着“抢收”去了。只剩下我娘，病咧咧地躺在炕上，连捉针的气力都没有。

这时，那个人出手相助，帮我家割了五亩地麦子。大热天，那个人大汗淋漓，连我家一口井水都没喝。

2

这一年，刚过完元宵节，那个人又来我家了。那个人前面走着个快嘴婆。在快嘴婆口里得知，那个人想做我的继父。

我娘问我，娃，答应不？那个人是个好人。

我摇头。在我幼小的心里，有个继父，是件世上最不光彩的事。

我娘回话说，我娃不同意，为了你，我决不会伤害我娃。

那个人失望地走了。我娘哭了一整夜。

打那以后，那个人再没来过我家。但那年我家五亩麦茬地被谁帮着犁了。后来，有人说，是那个人在有月亮的晚上帮着干的。

3

这一年，我以全乡第一的成绩考上了县一中。我娘笑过之后又哭了，因为我们家根本拿不出500元学费。眼看着，学校都开课几天了，我还没钱去报到。一夜间，我娘头发白了一大片。

燃眉之急，村主任送来了1000元。村主任说，是那个人托他送的。村主任还说，那个人为了我读书卖了耕牛，出去打工了。最后，村主任又说，那个人真是个大好人。

接过钱，我娘又哭了。

4

这一年，我以优异的成绩考上了省医学院，成了我们村千百年来第一个大学生。但是，跟六年前一样，我娘笑过之后又哭了，因为我们家根本就拿不出学费。正当我们一筹莫展时，那个人寄钱给我们了。这回数目很大，整整两万元。

我娘接到取款通知单后，激动得又一次哭了。这回我也哭了，毕竟，现在我都19岁了，早已懂得什么叫爱情，不再是那个当年不懂事的毛头小子了。

哭过之后，我对我娘说，我认那个人做爹，你们现在就成亲吧！

听我这么一说，我娘高兴得一夜没合上眼。第二天，就给那个人挂电话表明了心迹。那个人在电话那头高兴得像小孩子过年，说马上就回来。

然而，时间一天天过去，那个人一直都没有回来。直到第十天，我们终于收到了那个人的来信。那个人在信上说，他对不起我和我娘，他回不来了，他犯了法，被判了刑，叫我娘另找一个人，别等他了。只是，信中没有写清他为什么犯法，究竟犯了什么法。

看了信，我娘哭肿了眼，但我没哭。这时，我已经十有八九猜到那个人寄给我的那两万块钱是偷来的了。我生来就瞧不起贼，当然也不会认贼作父，更不会去接受他那些来路不明的赃钱。所以，几天后，我不听我娘奉劝，一意孤行，走上了打工的道路。

5

这一年，我在东莞打工，突然有一天，接到了我娘的电话。我娘在电话里说，那个人被释放回来了，只是他病了，可能在世的日子不多了，问我要不要回来见上最后一面。

我不是一直都恨那个人吗？但当听到这个消息时，不知怎么了，我的心里同样有种莫名其妙的难受，或许是真正长大了的缘故。于是，我决定去见那个人最后一面。

我赶到医院时，那个人已经奄奄一息了，他鼻孔里插着氧气管，脸色苍白，对我的到来浑然不知了。

我找主治医生询问那个人的病情。主治医生十分无奈地说，你是那个人的儿子吧？你们现在的年轻人，只顾着在外面闹世事，把爹娘丢在家里不管，结果小病小疾都慢慢变大病顽疾了。哎，你爹身患十几种顽疾，要治好怕是没指望了，还是早些准备后事吧！

什么？患有十多种病？我一时竟不敢相信自己的耳朵。

见我如此吃惊，主治医生顿了顿说，你爹早些年多次卖过血，据说还坐过几年牢，像这种情况，不得病都成怪事了！

那个人卖血干吗呢？我陷入一阵迷雾当中。

还真被医生言中了，没几天，那个人就撒手西去了。收拾遗物时，我娘在那个人的贴身口袋找出了两张六年前的单据：一张是卖血单，另一张是法院的判决书。卖血单上的落款时间是 2005 年 8 月——正好是我考上省医学院，那个人寄来两万元钱的那段时间。判决书上只说那个人为了供儿子读书，情急之下，铤而走险，协助毒贩运送毒品时被抓判刑，并没有说行窃偷盗。

看到这些，我终于明白了，原来一切的一切都是为了我啊！虽说男儿膝下有黄金，但此时此刻，我还是一步跪倒在了那个人身旁，撕心裂肺地叫了一声“爹”。

这时，我爹已经离开我整整十八年了，我已经十八年没有叫过爹了，但“爹”这个词对我来说似乎一点儿都不陌生，反倒觉得很亲切。我总觉得这十八年来，父亲其实并没走远，父亲的影子时常伴我左右，只是我没有好好去珍惜，用心去发现罢了。

长跪在一盏守命灯下，面对眼前那个已经死去的人，我的泪水不由得决堤般泛滥了起来。我突然觉得，这十八年来，自己失去了很多，很多……

（原发《开放文学》2015 年第 3 期，荣获“美塑杯”东莞市第五届小小说创作大赛优秀奖）

第二辑

人在旅途

◀ 喊娘石

妞子娘和村里一帮妇女去深圳打工了。

刚走没几天，妞子就想娘了。

“娘，娘……奶奶，俺要娘！”五岁的妞子哭闹着问奶奶要娘。

奶奶也舍不得儿媳丢下几岁的孩子去深圳，但儿子病在床上几年了，为了生活有啥办法呢！为了不让孩子伤心，奶奶哄妞子，说：“二牛山上不是有块大石头吗？想娘了，就对着喊，娘就能听到，娘听到了就回来了。”

奶奶只是句善意的谎言，没想到想娘的妞子上心了。

二牛山在村东，离妞子家一里地，从此每天不到晌午，妞子都会去二牛山，朝着那块大石头喊：

“娘——赶快回来，妞子想您了，妞子是个乖宝宝！”

妞子喊啊喊，半月后，娘真回来了。

或许是母女连心的缘故吧，妞子娘说，在深圳，她晚上一合眼就听到她家的妞子在喊她回来，所以她就回来了。

但是，妞子五岁了，到了上幼儿园的年龄，读书要钱；妞子爹还病着，抓药也要钱……家里处处都要用钱。所以没几天，妞子娘狠下心又去了深圳。

从此，妞子又每天去二牛山，对着大石头喊娘了。

“娘——赶快回来，妞子想您了，妞子是个乖宝宝！”

妞子喊啊喊，娘没喊回来，倒招来了一群小伙伴儿。

这群孩子和妞子一样，他们的娘都在外面打工，看妞子上回把娘喊回来了，他们也都学样儿来喊了。

“娘——赶快回来，俺想您了，俺是个乖宝宝！”

从此，每天上午，孩子们的叫喊声在二牛山上响起，在幽深的山谷中回荡，整个村里都能听到。

尽管孩子们的娘都没有马上回来，最多就是在逢年过节回来一次，但孩子们还是很满足，还是天天朝着二牛山那块大石头喊。

后来，不知是谁给那块大石头起了个好听的名字：“喊娘石”。

再后来呢，国家免了农业税，种地有了补助，大伙儿的生活慢慢富裕了，去外面打工的妇女们都陆续回来了。

只有妞子娘没有回来。

“她在这个穷家过够了……”

“她对病在床上的男人没了希望……”

“她和深圳一个小老板好上了，不会回来了……”

这都是从深圳回来的同村女人说的。

妞子的奶奶知道儿子拖累了儿媳，儿媳这些年也不容易，所以家里没派人去寻。每当妞子问起时，奶奶还是那句话：“二牛山上不是有块大石头吗？对着喊，娘就能听到，听到了娘就回来了。”

“娘——赶快回来，妞子想您了，妞子是个乖宝宝！”

这时，妞子已经九岁了，她隐约感觉到娘不会再要妞子了，但还是每天都去二牛山朝着那块“喊娘石”喊娘。

妞子嗓子喊哑了，泪流干了。

有一天，娘真回来了。当时，妞子正在二牛山上对着“喊娘石”喊娘呢！刚进村，娘就听到了妞子的声音，她循声上了二牛山，在妞子身后待了整整五分钟。

“娘，您怎么回来了？俺天天都对着这块大石头旁喊您呢！”妞子看到娘后以为自己在做梦。

“妞子，你天天喊娘，娘就回来了……娘以后不走了。”娘哭着一把抱住了妞子。

当晚，妞子娘烧掉了一张纸片和几页纸。

纸片是她回深圳的火车票，纸是离婚协议书。

（原发2016年1月26日《南方工报》，《微型小说选刊》2016年第8期转载，入选《粤港澳大湾区小小说精选》，曾获“西樵山杯”第三届全国青年产业工人文学大赛“微文学奖”、“同美杯”全国小小说大赛二等奖）

大包包·小包包

有几年没回家过年了，今年临近春节回家时，妻子嘱咐我："去买个包包吧，装给爸妈准备的礼物。"我去商场买回一个，妻子看了摇头说："买大了。"还真是买大了，把我们给爸妈买的礼物装进去，还垫不上底。我说要不去换个小的，妻子说算了，大就大吧，将就着也能用。

"妈，这是给您买的衣服，试试吧！"我从包里掏出买给妈的衣服，递给她。妈捧在手心，笑得合不拢嘴。

"爸，这是买给您的酒，您最爱喝的二锅头！"我从包包里掏出买给爸的酒，递给他。爸接过酒，高兴得手舞足蹈。

"爸，妈，还有呢！爸，您有风湿关节炎，这是买给你的止疼药；妈，您患眼疾，这是买给你的眼药水……"我把买给爸妈的礼物悉数拿出。

这回爸妈有点生气了，在他们眼中，我永远都是个长不大的孩子，他们教育我说："太多啦，买这么多东西得多少钱啊？我们都给你说多少遍了，我们的病很多年了，好不了了，让你别再花冤枉钱买药了，你怎么就不听呢？”

夜里，我对妻子说：“爸妈这人真难侍候，礼物买多了，还数落人！妻子笑笑，说：“不多啊，爸妈高兴着呢，教育你是心疼你花钱呢！”

还真如妻子说的，爸妈没真生气，从回家第二天起，就变着花样儿给我们做好吃的，凡是我小时候爱吃的，妈都不嫌麻烦一一为我做来。

小时候，我喜欢吃村头大沙河里的泥鳅，农闲时，爸就像个孩子王一样，下河和一帮孩子抢着捉泥鳅，给我做菜吃。他的风湿关节炎，估计就是在那时得的。

小时候，我喜欢吃地丸馅的饺子，妈经常冒着风沙去大沙窝里捡地丸，给我包饺子吃。她的眼疾，估计也是从那时得的。

但没想到，这次回家，为了让我们吃好，患风湿病关节炎的爸，偷偷再次去大沙河里捉回半桶泥鳅；患眼疾的妈，瞒着我们再次进沙窝捡地丸回来。

看着爸妈的一言一行，泪水模糊了我的双眼……

过年几天时间，爸妈把该吃的都做给我们吃了，初五一过，我们就要再次外出工作了。这天，爸从集上买个很大的蛇皮袋回来。我问他：“爸，家里装粮食有麻袋，您买个这么大包包做什么用？”爸笑着说：“傻小子，我和你妈给你准备了点家乡味，走的时候带上！”我听了还是不解：“爸，该吃的，都做给我们吃了，还有什么好带的！再说，我们来时带了包包的，也用不着买这么大的包包啊！”爸笑而不语。

爸刚带蛇皮袋进屋，就遭到妈的埋怨：“你个死老头子，买东西也不动脑子，这包太小了！”还真被妈言中了，爸妈给我们准备了腊肉、火腿、腌菜、瓜子、花生、苹果、米酒、葡萄干、红枣……把爸买来的蛇皮袋装满，再把我来时带的那个包包装满，还是没装下。

爸妈把我们送上站台。妈说：“你们要走了，也没给你们带多少东西，都怪你爸，买的包包太小了。”爸低下头，像个做错事的孩子一样，说：“都怨我，都怨我，把包包买小了。”

看着站台上爸妈像秋风中摇摆不定的枯树一样的身影和行李架上放着的大小两个包包，我的眼睛再次湿润了……

（2017 年 4 月 17 日《中山日报》）

◀ 大黄和小黄

夜，很深，很静。劳累了一天的建筑工人，都进入了甜蜜的梦乡。空旷的工地上，只有一个保安和一条小狗在值班看守场地。

保安名叫大黄。

小狗名叫小黄。

他们是同一天来这个工地的。

当时，新工地要开工，大小工人手都齐了，就差个晚上看守场地的。大老板大黑和二老板二黑同时出去找人。晚上，大黑带来了保安大黄，二黑老板带了小狗小黄。为这事，大黑和二黑还争执过。大黑说，狗有个卵用！会说话吗？会敬礼吗？有人来了会登记吗？二黑说，保安有个卵用！耳朵有狗灵吗？有狗忠诚吗？没工钱行吗？大黑和二黑公说公有理婆说婆有理，谁也不服谁，后来只好把大黄和小黄都留下，一起晚上值班看守场地。

大黄和小黄做同事后，很快就成了朋友。小黄的喂养任务自然交给了大黄，当然小黄也帮了大黄不少忙。

夜里，工地上所有的人都睡了，漆黑的夜空黑得怕人，大黄和小黄相互壮胆，就没那么怕了。大黄有时半夜瞌睡了，想小睡一会儿了，就把小黄派去站岗。只要有什么响动，小黄“汪汪”两声，大黄立马就一骨碌起来了。这样，有小黄帮忙，大黄工作轻松多了。

时间一天天过去，大黄慢慢熟悉了工作，小黄也慢慢长大了。

小黄是种名叫“德国黑”的狗，长得高大威猛，除了大黄，全工地的人都不敢靠近它。这时，轮到二黑老板说话了，我说还是小黄好，你还偏要找个大黄，你看小黄这么凶猛彪悍，晚上谁敢来工地行窃，除非他不想活了！有这么个小黄，要大黄还有个屁用，真是浪费！大黑老板的脸挂不住了，毕竟大黄是他带来的人啊，但他瞅瞅消瘦无力的大黄和凶猛彪悍的小黄，最终还是没说话。

大黄听了两个黑老板的说话，心里酸酸的，更担心起了自己的饭碗。于是，开始虐待小黄了。起初不给小黄吃饱饭，想把小黄饿瘦、饿病，饿得有气无力。但见效果不明显后，就想着怎么把小黄给除掉。不过，他只是想想，有这个心也没这个胆。

可偏偏有一天，从没在晚上来过工地的大黑老板来工地了。他拍拍大黄的肩说，看到了吧？二黑老板喜欢小黄不喜欢你。你是我带来的，可要争口气，不要给我难堪。大黄点点头。大黑老板又接着说，工地上最近耗子多，这 20 元钱，你去买几包耗子药来药耗子。大黄说，黑总，工地上没看到耗子啊？大黑把钱塞到大黄手里，朝小黄瞅瞅，冷冷一笑，走了。

大黄明白了。

晚饭后，大黄从附近包子店买了两个肉包子，又在附近商店买了包耗子药，回到了工地。

第二天上工时，大家发现小黄已经死了。大黄低着头说，都怪自己昨晚没看好小黄，让小黄吃上了他放的耗子药，是自己害死了小黄。大家听后都无不叹息，但并没人埋怨大黄，包括两位黑老板。

小黄没了就剩下大黄了，虽说晚上一个人在空旷的工地上守夜，有些胆怯，打个瞌睡也没人替他站岗了，但他还是很满足，起码没了小黄，自己就不怕丢饭碗了。

而且，从小黄死后，整个工地都由大黄一个看守着，没了什么比较，大黑老板夸他干得好时，二黑老板也没话说了。

大黄一个人守夜看场地的日子，过得舒坦而安稳。

很快到了年关，工地完工了，要给工人一次性结算一年工钱。大黄也去拿了。

大黄，你来干什么了？两位黑老板齐声问。

我来拿工钱啊！大黄说。

什么工钱？两位黑老板再次齐声问。

就是我今年全年当保安守夜看场地的工钱啊！大黄说。

保安？你还好意思说！我儿子是怎么死的？二黑问。

你儿子？大黄愕然。

就是小黄，他可是二黑老板花重金买的，视之为儿子！你说，他是怎么死的？大黑说。

自……自己错吃了耗子药！大黄有些紧张地说。

你再说一遍？要不要拔摄像头下来看看？二黑说。

大黄抬头见工地上到处都是猫眼睛一样的摄像头盯着自己，没话说了。

最终大黄没拿到一分钱回家过年了。

第二年开春后，大黄没再出来打工。但两位黑老板的工地又在另一个城市开工了，晚上看守场地的还是一个保安和一条小狗。

（原发《小小说大世界》2016 年第 1 期，被《微型小说选刊》2016 年第 18 期，后被 2017 年 2 月 10 日《人民日报 · 漫画增刊》（讽刺与幽默）改编成漫画作品，并入选《2015 佛山小小说选本》）

盐之爱

故事跟盐有关。

故事主人公是个饭店厨子和个开小卖部女人。

厨子大龄未婚，勤劳能干，炒得一手好菜。

女人年轻丧偶，贤淑端庄，跟四岁女儿相依为命。

饭店开在小卖部东面，辣子鸡、红烧茄子、回锅肉、爆炒肥肠、青椒肉丝……各种小菜应有尽有，可就是没有香烟和饮料。

小卖部开在饭店西面，香烟、啤酒、饮料、纸巾……各种杂货都有，可就是没点啥吃食。

人们饿了去饭店吃饭，渴了去小卖店买饮料，两家店铺各做各的生意，和气生财。

厨子认识开小卖部女人，是下班去小卖部买烟的时候。饭店员工女人都认识，饭店员工也都认识女人。但厨子去时，女人还不认识他，他也还不认识女人。女人问："新来的？"他答应："嗯，那边饭店掌勺的。"

女人说话时，正忙着理货。大米、面粉、清油……一些重东西，女人搬着很费力。厨子便主动伸手去帮女人搬。他们边忙边聊天。

厨子问女人："这么重的东西，咋不让男人来帮把手，你一个女人家怎么搬得动呢？"女人听了，没有说话，只是一个劲儿地抹眼泪。

厨子后来知道，女人两年前丧偶，家里就她和个四岁女儿。厨子是个热心肠，从此下班常去帮助女人。帮女人搬货，给她们娘儿俩做好吃的，有时还变相地给她们些物质资助。

厨子慢慢爱上了女人，想和女人结婚。女人还没忘掉亡夫，不能接受其他男人。女人知道厨子心思后，不再接受他任何帮助，也不愿再跟他多说话了。厨子告诉女人："我会用实际行动，让你小卖部生意好起来的。"女人听了，没搭理他。

女人不再理睬厨子。厨子除了买烟，也不再去女人小卖部。可有段时间，女人小卖部生意出奇好，尤其是饮料，非常畅销。饭店吃饭出来的人，总要来女人小卖部买饮料喝，阴雨天也不例外，着魔似的。女人觉得奇怪。可生意好，手头宽裕了，生活负担倒减轻不少。

厨子已小半月没来小卖部买烟了。他病了？他生气了？他躲着我？……女人心里有点乱。

女人后来在来买烟的饭店员工那里打听到了厨子——他走了，是被老板炒的鱿鱼。

"他厨艺那么高，怎么会被炒鱿鱼呢？"

"他厨艺是高，老板也很器重他。可不知怎么了，有段时间，他老是莫名其妙地往菜里多加盐。盐稍大点，菜倒是好吃，可有些口味淡的客人接受不了，让他重炒，找老板投诉他。顾客是上帝，老板多次提醒他没用，就炒他鱿鱼了。”

女人想到厨子说过的话：“我会用实际行动，让你小卖部生意好起来的。”女人想到前段时间，来小卖部买饮料的人非常多。女人想到厨子在菜里多放盐，客人吃了会口干，口干会买饮料。女人想着想着，突然泪流满面……

“妈妈，您怎么哭了？是不是又想爸爸了？”四岁女儿问女人。

“嗯，出去玩会儿，妈妈打个电话，叫爸爸回来。”

“妈妈骗人！爸爸不是出车祸死了，再也回不来了吗？”

女人自知刚才在女儿面前失态了，有些不好意思地说：“妞儿听话，出去玩会儿，妈妈晚上给你包饺子吃！”

女儿出去后，女人心怦怦直跳着拨通了厨子的电话……

（原发 2018 年 5 月 23 日《昆山日报》（发表时用笔）、2018 年 5 月 27 日《中山日报》，入选《2018 年中国小小说精选》、“2018 世界华语微型小说排行榜”）

敬　礼

小保安，退伍新兵，一米八高，英俊帅气，工作尽职尽责，样样都好，就是不谙世事。

小保安不懂得向老板“宝马”敬礼。

一个月过去了，还是这样，老板找我这个队长谈话几回了。

“新来小保安哪路神圣，怎么连最起码的礼节都不懂？”老板把我骂了个狗血喷头。

我找来小保安，批评了他，并罚款 100 元，记大过处分，以儆效尤。

老板“宝马”又要从公司正门扬长而过了，我远远看着这些保安。其他几个保安都整整齐齐站成一排，面带微笑，向老板毕恭毕敬地敬举手礼。但小保安还是纹丝不动地站在一边，像是个木头人儿，又像是丢了魂儿。

小保安不正常，我突然觉得。我找他问是怎么回事，他不说话。我说，这样你只能走人了。小保安不说话，只点头了。

我知道了，小保安早就不想做了，这样做是故意让我结工资打发他走人。走吧，强扭的瓜不甜。事情本来算完了，但这时真正的故事却开始了。

小保安走后的第二天，我排班时，在值班交接表里发现了一封信，小保安写的。

队长：

我们是军人，我们曾经有着共同的操守；我们是保安，我们的主旨是捍卫正义，跟一切非正义说不。我们是灯饰厂，你看到了吗，注塑车间里没有空调不说，灭火器、消防栓也是坏的，几百个工友在那里上班，万一发生火灾，怎么办啊？你去了饭堂吗，你看看工人们吃的什么样的饭菜，简直就是猪食！你看到了吗，冲压车间都不给工人发手套、口罩等劳保用品，很多冲压机开关失灵了，也没人维修，只是强逼着工人们赶产量，我才来一个月，就有工友断手指了。作为一名退伍兵，面对这些不正常，我们怎能坐视不理呢？为了能让这些得以改善，我装着胆子找老板几回了。但是每次我才说："老板，我有点建议！"具体什么建议还没说出口，老板就不耐烦地说："保安？你不去值班，来这里干嘛！快去值班，其他的事与你无关！"一句话把我打发了。这样的老板值得我去尊重，值得我去敬礼吗？队长，我走了不要紧，但我们都是退伍兵，我们不能事不关己高高挂起。这些得不到改善的话，万一哪天真出了事，你我于心何忍？！队长，你说话有分量，给老板说说吧，他如果足够聪明，是成大事者，他应该会想到，这是在帮他……

您昔日的下属：小军

看完这封信，惭愧之余，我不由得对小保安心生敬意。随即，我把这封信转交给了老板。

结果，老板看后也深受震惊。

第二天，老板按照小保安说的，不仅给注塑车间装上了空调、更换了灭火器、消防栓，给冲压车间的冲压机进行了一次大维修，给员工发了劳保用品，还给员工改善了伙食。

一切改善之后，老板亲自拨通了小保安的电话，让他再来上班。

几天后，小保安真来了。

老板把员工召集起来，当场表扬了小保安，并向大家鞠躬，坦承了自己以前的过失。

几天后，老板的“宝马”要从门口通过。我再次远远观望。

“老板好，老板辛苦了！”小保安和其他保安一起面带微笑，毕恭毕敬地为老板敬了个标准的军礼。

军礼行的，中规中矩。

我在远处，也不由得敬起礼来。

我的礼是敬给这个“不谙世事”的小保安的。

（原发 2016 年 2 月 16 日《南方日报》）

头儿老张爱敬神

旺发是个小作坊，不是神庙，却供着九尊神位。

旺发做灯的生意，但头儿老张不问灯事，只管敬神。

“发财靠财神，安全靠门神，平安靠菩萨，下雨靠龙王……一切都是天意！”这是旺发头儿老张的口头禅。

正因如此，头儿老张对员工很抠门，工资低，伙食差，加班费没有，社保免谈。但对神却很虔诚，九座神像，高大雄伟，通体镀金，早晚叩拜，香火不断，供品琳琅满目，让人侧目。每天早上起来，头儿老张洗漱完毕后，所做的第一件事就是敬神，不仅自己敬，还把员工召集起来一起敬。

磕头作揖，敲木鱼，庄严肃穆得如丧考妣。

曾有人这样说过头儿老张，厂里的几个保安，与其说是保护公司的，还不如说保护神像的，因为有一年，为丢失一尊财神，干掉了保安；也曾有人这样说过头儿老张，与其说他是靠员工吃饭，还不如说是靠神像吃饭，因为那些神像的供品，天天换新鲜的，香蕉、芒果、榴莲、火龙果、橘子、苹果、鸭梨、板栗、西瓜……

每个神像前都是一堆一堆的，每天的开支，绝对不少于旺发二十多号人每天的伙食费。

头儿老张爱神不爱人，员工敢怒而不敢言。

员工每次在饭堂吃完粗茶淡饭，经过神像时，看着神坛上琳琅满目的供品，总是口水直流，但那是老虎头上的虱子，谁都不敢动；每次员工加班到深夜，一想起爱敬神的头儿老张，都会怨言四起："对神那么好，干嘛不叫神去加班赶货呢？"

为此，员工无心做事，管理无心管理，公司乱成了一团，旺发的生意，一天比一天惨淡。但头儿老张还是执迷不悟，越是生意不好的时候，给神买的供品越多，敬神仪式越是隆重，似乎只要把神服侍好了，别的一切都不在话下。

这样下去怎么行啊？头儿老张婆娘看在眼里，急在心上。但头儿老张就是九头牛拉不动，不听劝告，依旧我行我素，把一切希望寄托于神。

燃眉之急，一场突如其来的大火，让事情发生了转机。

前阵儿还好好的，不知怎的，突然仓库里冒起烟来。

"着火了，着火了……"最先看到着火的是头儿老张婆娘。

闻声，保安带着员工，一起奋不顾身地跑去救火。

看着熊熊烈火，头儿老张站在一旁像是吓傻了。他跪在神像前，不断磕头，一会儿求财神，一会儿求门神，一会儿求菩萨，一会儿求龙王……但结果诸神都不见显灵。

十分钟后，大火熄灭了。

由于救得及时，公司损失不大。

大火是保安和工人扑灭的，与诸神无关。

看着失而复得的货物，头儿老张这回算是醒悟了。他在大会上指着员工和保安，十分感动地说："看来是我错了，你们才是我真正的神啊……"

随之，员工的工资涨了，加班有加班费了，伙食改善了，社保也有了。

旺发的水果每天都还在买，但都是买给员工加餐吃的。

自此，大家工作热情高涨，旺发开始起死回生，效益慢慢好起来了。

几年后，在头儿老张和员工们的共同努力下，旺发由二十人发展到近百人，小作坊变成了小工厂。

只是，当年那场大火是怎么来的，谁都不知道，警方也查不出来，成了一个永远解不开的谜。

有小道消息称，大火是头儿老张婆娘为让头儿老张醒悟，有意放的。

也有人说，一切都是天意。

不知哪个是真哪个是假。

（原发 2016 年 2 月 23 日《南方工报》）

◀ 师傅的绰号

今年春运，我没买到火车票，只得多花点钱坐长途大巴回家。之前很少坐长途汽车的我，一上车就察觉上了哑巴的车，开车师傅是个哑巴。

“师傅，你也是甘肃人吧？”师傅不理不睬。

“师傅，你开车很多年了吧？”师傅不理不睬。

“师傅，快到了吧？”师傅不理不睬。

“师傅，现在是什么地方了？”师傅依旧不理不睬。

……

面对一路上旅客的不断盘问，我终于忍不住了：“大家甭问了，他是个哑巴，逼哑巴开口答话，不是为难人吗？”

听了我的话，车上几个比我先上车的旅客都捂着嘴巴笑了。

我觉得有些气愤，心里想，快过年了，坐车坐了个哑巴的车，真不知来年要交哪门子霉运，亏你们还笑得出来！

车继续在高速公路上飞速奔驰着。后面还有人向师傅问东问西，当然换来的还是不理不睬。

主动跟别人打招呼毕竟是友好的行为，再说，老是当面揭短说人家是哑巴，也不是君子所为，所以我再无心向别人解释。

车仍继续在高速公路上飞速奔驰着。夜深了，困了，累了，我躺在自己的卧铺上，昏昏沉沉睡着了。

“尊敬的旅客，终点站到了——请大家带好自己的行李物品准备下车——”，约莫凌晨6点钟的时候，睡意蒙眬中，我被一阵汽车报站声吵醒。睁开眼睛，让我大吃一惊——铁树开花了，哑巴开口讲话了！开车师傅正扶着老幼病残旅客下车，他和旅客有说有笑，像他们的亲人一样。

开车师傅明明是个哑巴，怎么突然开口讲话了？等明白过来，我不由为自己在车上说他是哑巴的事情，感到面红耳赤，急忙向他道歉认错。

“师傅，不好意思，一路上你一直没说话，我还以为你是个哑巴，真是愚昧啊！”下车后我给师傅递上一根兰州烟说。

“没什么的，早习惯了，我的绰号就叫‘李哑巴’，不信去打听，开车的人，提起‘李哑巴’三个字无人不知！你头一回坐我的车吧！”师傅接过烟笑着说。

“是头一回，往年都坐火车回家，图个便宜，也安全！”

“亏你还知道安全，我为啥绰号叫‘李哑巴’，你知道吗？不就是为了大家的安全才驾车不说话的。作为一名司机，责任重于泰山，尤其是春运阶段，是交通事故的高发期，别人上了你的车，一路的安危就交给你了，不全神贯注开车，顾着闲聊怎么行啊？”

尽管师傅的话句句在理，但我还是觉得有点言过其实，于是，笑笑说："没那么严重吧？"

"这是啥话，你知道我还有个绰号叫啥来着？叫'李平安'！开车 16 年了，从没出过半点事故，为啥？不就因为我还有个绰号叫'李哑巴'吗？"

既叫"李哑巴"又叫"李平安"，因为开车时不闲聊才被别人叫作"李哑巴"，因为成了"李哑巴"才有了"李平安"！师傅说到这里，我不由为他竖起了大拇指，如果普天下所有的司机都驾车时都装个"哑巴"不闲聊，那世间将会少发生多少交通事故，多少和美幸福的家庭啊！

（荣获 2019 年重庆交通"感动春运"全国征文大赛三等奖）

◀ 带着爱回家

"咣当、咣当……"春运的列车在争分夺秒地由南朝北疾驰着。第 11 节车厢里的人，除了丑娃都在说话。

第一个开腔的是个矮胖男人，西装领带高嗓门儿，长得一副老板相。果不其然，他一开口就是："今年工程不好做，但日子还得过啊！外面消费高啊，光这玩意儿就两万！"说话间，他故意抬抬手腕儿，显摆了下戴在手上的一块瑞士手表。车厢里瞬间一片惊呼。

接下来开腔的是个高瘦男人，皮夹克大背头，看上去不是老板也起码是个高管啥的。果不其然，他还没开口，就先从皮夹克口袋里摸出一包"硬中华"，给车厢里的男同胞每人散了一根，完了还不忘嘱咐句："车厢里禁止烟火，等会儿到吸烟区再抽！"别看他时刻一副管理者风格，他还真是一家五金公司的副总。"香烟的牌子就是人的脸，混得不错啦！"车厢里的响应依然很激烈。

再接下来开腔的是个中年女人，烫发头，嘴巴染得像刚喝过鸡血似的，说起话来风情万种，一看就是个有钱的主儿。还真是，通过她一番介绍，大家才知道她是个美容美发店的老板娘，听她说光她手上那枚钻戒就价值数万。“巾帼不让须眉啊，佩服佩服！”大家连连称赞说。

……

大家一个一个都“嘚瑟”完了，就剩丑娃了。丑娃穿着一身洗得起毛的旧迷彩服，一看就是个农民工。由于买的是站票，这半天，他一直坐在自己的大蛇皮袋上打呼噜。

“蛇皮袋上的兄弟，你也说两句吧，怎么光打呼噜呢！”有人朝丑娃喊。“对，起来也讲两句，讲两句吧！”大家一起附和。“我一个农民工，没啥好说的。”丑娃瞌睡呼呼地回答。

“不对啊，大家都空着手回家，你满满一大蛇皮袋，按理是该说点啥的。”有个性子急的乘客喊道。“对，就说说你蛇皮袋里是什么吧！”大家你一言我一语地说。在大家强烈要求下，丑娃打开了蛇皮袋。

不看不知道，一看吓一跳，大蛇皮袋里一件女式羽绒服，两件羊皮背心，两双皮暖鞋，一个毛绒玩具……零七八碎的家当还真不少，简直都成货郎了。

“原来你是货郎啊！”大家都大吃一惊。

“哪里哪里，这都是我给家人买的。过年了，有钱没钱先买点礼物啥的暖暖家人的心。这羽绒服是给媳妇儿的，黑的，农村女人，穿这色儿耐脏啊！这羊皮背心，一件是给父亲的，一件是给岳父的；这皮暖鞋，一双是给母亲的，一双是给岳母的，老人都年纪大了，过一年没一年了，我们做小辈儿的得趁早尽孝啊！

这绒毛玩具是给女儿的，孩子四岁了，我这个做老爸的一直在外面，愧对孩子啊……”丑娃如数家珍。

“咣当、咣当……”春运的列车继续争分夺秒地由南朝北疾驰着。这时，空气瞬间凝固了。突然间，第 11 节车厢里的人，似乎都得了失语症，除了丑娃再没人会说话了。

（原发 2016 年 2 月 14 日《涟水日报》）

◀ 开淘宝店的姑娘

姑娘是爱心淘宝店的主人，经营各种灯具。

姑娘名儿叫桃花，有点诗情画意。

桃花和我有交集，是在桃花盛开的三月。

其时，我在山东济宁某希望（特殊教育）学校担任生活老师。由于学校刚刚新建了校舍，需要安装一批灯具，当时济宁灯具实体店还不多，于是我选择了网购。就这样，通过一条网线，我邂逅了千里之外的桃花姑娘。

桃花的爱心淘宝店是新开的，信誉度还不高，只有一个星。但那年月哥单身，你懂得。能在桃花的店里“驻足”，正是对“桃花”二字情有独钟，想交桃花运的缘故。

但取得联系后，桃花竟问我，请问阁下，您是老板还是金领？

我说，都不是。

不好意思了。那您是白领还是蓝领？桃花接着问。

我说，也都不是。

哦，那太好了。原来您是农民大哥，农民购灯七折优惠。

桃花的话，让我大吃一惊。我本以为她一再盘问我的身份，是便于根据我的收入，推荐相应价位的灯具给我，但没想到该店对农民还有如此大的优惠。

见我迷惑不解，桃花连忙解释说，我们是爱心灯具店，不同人群不同价格：老板不打折，金领九五折，白领打九折，蓝领打八折，农民打七折……

天底下还有这样做生意的，我更迷瞪了。

这时，桃花发来消息说，农民大哥，您要什么灯，要几盏？发来您的户口簿扫描件，确定身份后，我们都会立马七折优惠给你。

我不是农民，我是老师，是希望学校的老师。我不由自主地回复。

希望学校啊？那太好了，爱心淘宝店做的正是爱心事业，快留下您学校的地址吧，希望学校购灯免费哦！

越说越离谱了，你以为你是慈善家啊！不过，举手之劳，我还是留下学校的地址。

这个事情，我本没放在心上，也没告诉任何人。但在一个桃花斗艳，蜂蝶飞舞的正午，学校突然收到一个从南方一个名叫古镇的地方寄来的快递包裹，里面装着 20 盏 LED 家居照明灯。

当夜晚 20 盏 LED 灯把崭新的校舍照得璀璨夺目时，我把桃花姑娘的故事，讲给了教室里的每一个孩子，他们都感动得流泪了。好发校领导知道后更是非常感动，说无论如何也要见见这个有爱心的桃花姑娘。

正合我意，我在网上正式邀请桃花来学校做客。

我说，济宁的桃花好美啊！我邀请你来济宁看桃花。

不承想，桃花拒绝了。

她说，谢谢你，我看不了。

我不解。但不好强求。

以后，我有空继续关注桃花的爱心淘宝店，桃花也时常向我打听孩子们的情况。

有段时间，桃花一直不在。

我问她去哪了？

她说，是电脑读屏软件出了问题。

你眼睛没瞎，还用读屏软件？我问。

桃花没有直接回答。

只是，几分钟后，桃花的网店签名变成了：我虽不能看到桃花，但我能给世界光明……

（《岷江》2016年·春季卷）

父亲帮我解围

大学毕业后，我打电话告诉父亲："爹，我想到张掖去支教！"父亲是个老党员，觉悟比一般群众要高。他听后，不假思索地说："嗯，去吧！"可我只是三分热情，在张掖民乐县某山村小学支教不久，就觉得人生地不熟的，待不下去了。于是，再次打电话告诉父亲："爹，我想回来！"父亲问："为啥？"我说："藏族人太野蛮，不好相处！"父亲听后，一改常态，破口大骂："放狗屁！"

父亲这样骂我不是没有道理。他老人家一辈子淳朴善良，宽厚待人，在他的人生辞典里，压根儿就没有"不好相处"这四个字。为让我能留下来安心支教，几天后，父亲竟带着两大袋子土特产来张掖看我了。

我一见父亲，就责怪起他来："爹，这么远的路，你带着这么多土特产干嘛呀？我吃得完吗？"父亲听后，骂道："兔崽子，想得美！谁说这些全都是给你的？"我听了觉得很奇怪："您这里就我一个亲人，不全给我给谁啊？"父亲听后，更来气了："谁说我这里就你一个亲人？你在这里工作，你学校的同事和这里的老乡，都替我关照着你，难道他们不算是我们的亲人吗？难怪你说藏族人野蛮，不好相处，原来是你压根儿没把他们当亲人看啊！”我被父亲骂得狗血喷头。

第二天，父亲把带来的土特产分成若干份，让我带他给我这里的同事和老乡们送去。

“让我送礼求他们，我才不去呢！”我说。

父亲听了语重心长地对我说：“傻儿子，这哪是谁求谁的事儿啊？我从这么远地方来，中国的礼节就是这样啊！”我说服不了父亲，便极不情愿地领他挨家挨户地去送见面礼。

真没想到，那些平时跟我没说过几句话的同事和藏族老乡，见我和父亲上门，都非常高兴，热情款待我们不说，临走时，还回赠一些当地的土特产给我们。

随后几天，父亲还是不闲着，成天满村子跑，跟当地藏族老乡们打牌、聊天。只要提到我，父亲就说：“那是我儿子，从小娇生惯养长大的，不懂事理，有什么做得不对的地方，还望大家替我好好管教他！”藏族老乡们听了，都笑着说：“年轻人都这样的，您老放心，我们会替你照看好他的！”

父亲做完这些后，又向我要我们班上学生家里的住址。我说：“我也不知道，你要这个干嘛？”父亲听后，又来气了：“我说呢，还说别人不好相处！作为老师，你连自己学生家住什么地方都不知道，你这老师是怎么当的？”等我把学生们的家庭住址统计好后，父亲便领我挨家挨户去家访。每到一户，父亲都给学生家长说：“这是我儿子，你们孩子的老师，孩子学习上有什么问题，就找他！”

父亲在张掖一连住了半月。临走的时候，他再三叮嘱我说：“傻儿子，听我的话，以后把这里每一个孩子，都当成自己的弟弟妹妹一样关心；把这里每一位老人，都当成自己的父母一样尊重！如果这样做了，三个月后，还是觉得这里的人不好相处，在这里待不下去，你再回来！”

父亲走后，我照父亲说的去做，把这里每一个孩子，当自己的弟弟妹妹一样关心；把这里每一位藏族老人，当自己父母一样尊重。结果没过多久，我就跟同事和藏族老乡们打成了一片。

三月后，父亲打电话来问我：“傻儿子，干得怎么样了，还打算回来吗？”我说：“爹，我不回来了，同事们和藏族老乡们个个都很热情，他们对我都很好，我哪舍得走啊！”完了，我又问父亲：“爹，您老一辈子没出过远门，又不懂藏族的风俗习惯和风土人情，您是怎么知道如何跟他们相处的呢？”父亲听后，笑笑说：“傻儿子，不同的民族，有不同的风俗习惯，不同的风土人情不假，但不管什么民族，他们的风俗习惯和风土人情是什么，宽厚待人，真诚换取真诚，以心换心，这些都是通用的啊！只要你牢记这些，不论走到哪里，就不愁没亲人和朋友了！”

听了父亲的话，往后我跟藏族老乡和同事们相处得更好了。

就这样，我在张掖圆满完成了支教期。等三年后，我要离开时，藏族的老乡们早把我当成了自己人，送我的队伍从学校一直排到了村口，大人小孩个个热泪盈眶。

现在我已在老家就业，我的同事和朋友，都跟我一样是汉族人，但当年父亲帮我解围时，教我的那些处世之道，我一直都牢牢记着，终身享用不尽。

（原发 2021 年 4 月 28 日《兰州日报》）

老　肖

事情过去很多年了，可老肖那只血淋淋的手，还时常将我从半夜梦魇里惊醒……

那年，在外打工多年的我，通过不懈努力，终于由一名普通流水线工人，华丽转身当上了一家家具厂开料部主管。俗话说“新官上任三把火”，刚刚当上主管的我，为了在车间里杀杀威，整天都绷着一张苦瓜脸，我安排下去的工作，只要手下稍有怠慢，就大发雷霆。

有一天下班后，生产部的经理王生给我打电话说，有一批木料特急，叫我在车间里留个人加班开料。这本是一件很平常的事，但坏就坏在现在都下班大半天了，车间里早就走的一个人都没有了。我初来乍到，又没那些开料工的手机号码，这可如何是好啊？正一筹莫展时，我突然看到了车间杂工老肖。

老肖，四川人，五十开外的年龄，在我们开料部做杂工五年了。他一天到晚，主要工作就是将我们车间开料后，残余的锯末、刨花、碎木柴片等一些杂物清理出去。留住他开料不就得了？我找到救星似的，不由得心头一喜，于是立马叫住了他。

“主……主……主管，我不会！我……我……我从没开过！”当我把叫老肖加班开料的事，告诉老肖后，他十分为难地说。

“不会可以学吗？你都在这里几年了，我问你，你都会做啥？”我故意把嗓门放大，来吓唬他。

“主……主……主管，我真的不……不……不会！”老肖近乎乞求地接着说。

“老虎不发威，你给当病猫了？我问你，你到底开还是不开？不开，我就马上开单记你大过！”我十分气愤地说。

老肖还是有些为难，但看我发如此大的火气，也就不敢再说什么了。我把老肖带到电锯旁边，给他随便指手画脚了一番，便匆匆离开了。

但万万没想到，当晚九点左右，正当我挽着女朋友的手逛公园浪漫时，突然传来了老肖出事的噩耗。电话是保安队长小徐打来的，他在电话里气喘吁吁地说，老肖开料时，发生了事故，叫我赶快回厂。

我赶到现场时，老肖已经被送到医院救治了。事故的经过，跟我预料的基本一样，是老肖操作失误，开料时把“启动”和“停止”开关混淆了（当时公司生产设备陈旧，开料机感应器早就失灵了），在拿料时错按了“启动”开关，电锯齿轮过来时，他躲闪不及，被截掉了整只右手。据保安队长小徐讲述，是他巡逻路过我们开料车间时，听到老肖的惨叫声才赶到现场的，当时鲜血满地，老肖疼得满地打滚，现状惨不忍睹。

听完保安队长小徐的讲述，我追悔莫及。本来电锯开关都有英文标示——“ON”是英文单词“open”的简写，意为“启动、打开”；“OFF”是英文单词，意为“停止、隔断”。这些只要稍懂点英语皮毛的人，一看就明白，但老肖不同，他年老迟钝，大字都不识几个，就更别说懂什么英文了，所以这次事故的发生完全是在情理之中的事情。也就是说，如果我今天不要任性赶鸭子上架，强逼老肖开料，这场事故就完全可以避免。早知如此，何必当初！我越想越觉得愧疚，越想越觉得越有负罪感，但一切的一切都已为时过晚，我现在唯一能做的只有祈求上苍保佑老肖接肢成功，能够早日康复！

在我忐忑不安中，一个月后，老肖终于出院了。他的那只手是如愿以偿接上了，但只是个聋子的耳朵——摆设，关节早就坏死了，什么作用都不起，让人看了心寒不已。

老肖残了，不能再给厂里做事了。半月后，厂里给老肖赔偿了为数不多的几个钱，就把他驱出了厂。理所当然，我由于用人不当，给厂里带来很大损失，也被厂里给开除了。

几天后，老肖要回四川老家了，我把他一直相送到了广州车站。路上，老肖告诉我，他上有八旬老母，下有一双正在读大学的儿女，老伴儿又常年疾病缠身，家里的一切费用就靠他一月千把块钱的工资维持着，日子过得相当紧巴。等老肖把话说完，泪水早就模糊了我的眼睛。

“肖伯，是我害了您！您骂我吧，您打我吧，杀了我吧！我对不住您！”虽说男儿膝下有黄金，但我还是一步跪倒在了老肖的脚下。

“刘主管，这使不得啊！您也是替老板打工的，您也为难啊！我不怨您，只怨自己做事马虎，交了霉运！”老肖赶忙把我扶起来说。

看着老肖如同父亲一般一张朴实憨厚的脸，我更是感到于心不忍。在列车开动的那一刻，我强行把自己这些年打工省吃俭用攒下的两万块钱塞进了老肖的衣袋。当然，我知道这一点点钱，要维持老肖一家人的生活，只是杯水车薪，但我能做的只有这些了。

看着老肖乘坐的列车慢慢远去，我的心如刀绞一般疼痛……

（原发 2021 年 9 月 6 日《中国应急管理报》）

街边剃头佬

“现在三月，纪念雷锋，剃头免费，分文不取……”

这是湖北剃头佬说过的话。

每年三月，我都会再次想起。

跟剃头佬相识，是八年前的事。那时的中山小榄还不像现在，除了大小的理发店外，还有不少街头摆摊理发的。湖北剃头佬便是街头理发队伍中的一员。

第一次听他说这话，我感觉很是莫名其妙。一个街边剃头的，剃头赚钱谋生是天经地义的事，三月雷锋纪念月，关他什么事呢？

跟他深交后，我才知道他每年三月都免费剃头，是个名副其实的活雷锋。

“干一行，爱一行；立足本职，尽职尽责；热心公益，乐于助人……”这不正是雷锋精神的核心吗？剃头的职业本是微不足道的，但这个湖北剃头佬却在自己平凡的岗位上，任劳任怨，这不正是雷锋日记中所说的螺丝钉精神吗？

连续几年，我都在中山小榄那条街上见到那个湖北剃头佬在为客人剃头。有时我会过去打个招呼，祝福一下生意，有时当陌生人，匆匆而过，只有每隔两个月，头发长长的时候，才真正去找一次他。他每次总是那么热情，活儿做得那么精细，但收费始终没变，一直都是三元。直到近几年，理发店越来越多，街边的生意没法做了，他才进了一家灯饰厂做了一名清洁工。但据说工友们剃头时，他有求必应，分文不取。

后来我有事离开中山，从此就没了剃头佬的消息。

但今年我再次来到中山时，刚在小榄车站下车，就被一个瘦弱的老头叫住了。“老板，来剃个头！现在三月，纪念雷锋，剃头免费，分文不取！”我朝这个似曾相识的声音望去，此人正是多年不见的湖北剃头佬，只是又老了很多。我奇怪地问：“师傅，现在又抄老本行了？”“哪里哪里，过六十了，身体又不好，今年三月再学一次雷锋，献一次爱心，就回老家了。”他感慨地说。不过，看样子，他的生意没当年那么好了，即便是免费，也没几个人来剃头了。”当我问及原因时，他满面忧伤地说：“现在人与人之间失去了信任，我老汉在这里摆摊献爱心，学雷锋，别人不是以为有病，就是觉得是骗子，哎！”我忙安慰道：“怎么会，我永远相信你！看我头发都长成啥样儿了，帮我剃剃吧！”老人听后，呵呵笑着，马上抄起家伙动作起来了。在剃头过程中，他遗憾地告诉我，他是今晚到湖北老家的汽车票，以后三月雷锋纪念月，就再也没有免费剃头的了。还有两个小时，他就要上车了……

不一会儿，我就被剃成了光头。

其实，我风度翩翩的长发是专门留的。叫他剃掉，只是想告诉这个即将离开中山的剃头老人，人们之间的爱心与信任还在，时代还需要雷锋精神。

（原发 2016 年 4 月 10 日《中山日报》）

第三辑
清风廉影

最后一个扶贫对象

王贫是一名乡镇基层扶贫干部，主要负责月亮湾镇的精准扶贫工作。他接任该工作以来，积极响应上级号召，帮贫困户出思路、找资源、上项目，以增加收入，工作颇见成效。扶贫对象不管遇到什么困难，只要找他，准能及时妥善解决。时间长了，月亮湾镇便传出一句顺口溜："想脱贫，找王贫！"王贫听了，颇受鼓舞，于是，暗下决心，不让最后一个扶贫对象脱贫，他绝不离开月亮湾镇。

其实刚开始的时候，王贫的扶贫工作并没那么顺利。太平县本来就不算富裕，而月亮湾镇又是太平县比较贫困的一个乡镇，要在短期内全面脱贫，绝非易事。再加上，很多贫困户都是"难缠户"，扶贫干部辛辛苦苦帮扶他们，不知道感恩不说，有时所作所为，能把人活活气死。如此种种，都给王贫的扶贫工作带来了很大的阻力。

那年，王贫刚做月亮湾镇的扶贫干部，也没啥工作经验，只知道精准扶贫不同于传统直接发救济款的扶贫，要帮贫困户找项目来增加收入。于是，刚接任工作不久，他便通过畜牧站上班的老同学，为扶贫对象们购买了一批优良品种的乌鸡。当时他是这样想的，农民想致富，最传统的办法就是在种植和养殖方面做文章，而眼下离来年播种时节尚早，就先让扶贫对象尝试养乌鸡，如果能赚钱的话，再立项报到镇里，广泛推广。可令他没想到的是，没几天就出事了。

这天中午，王贫正在花桥村村委会忙着写材料，村里最困难的扶贫对象木根来找他了。看木根进来，王贫习惯地笑了笑，问："木根，来找我有啥事？"木根听后，从手中塑料袋里掏出一个饭盒递给王贫，说："您喝点乌鸡汤！"王贫听了，吃了一惊，说："伙食标准不错嘛！还是贫困户哩！"木根不好意思地笑了笑，说："哪里哪里，这不是您前几天送来的鸡，我得感谢您呢！所以，就送点给您尝尝！"王贫听后，气得拍一把桌子，吼道："岂有此理！这乌鸡是用来帮你们脱贫的，可你居然煲汤喝了！"木根听王贫这一说，不仅不低头认错，还反倒一堆歪理，什么事先也没给他解释明白，什么眼下都快过不下去了，谁还考虑那么长远……王贫懒得跟木根瞎扯，赶快跑去看其他扶贫对象的乌鸡，结果无一例外也都煲汤喝了。

很快，到了播种的季节，那些扶贫对象都一个个来找王贫了。他们问王贫："王干部，我们种点啥，才能赚钱呢？"王贫是学中文的，舞文弄墨行，可对种地一窍不通。于是，就这个问题，他咨询了自己学农业的老同学。老同学建议说："眼下茯苓的市场价格不错，咱太平县的气候也适合种植，有些乡镇都靠这个脱贫啦！”王贫听了非常高兴，心里想，养乌鸡他们把乌鸡煲汤喝了，种茯苓总不怕他们把茯苓当窝窝头吃了吧！于是，就决定种植茯苓。

为了稳妥起见，跟上次养乌鸡时一样，王贫准备先小范围试验一下，如果能赚钱的话，再立项报到镇里，广泛推广。可尽管如此，种植茯苓的成本还是很大，扶贫对象们都没钱投入，王贫只得把自己这些年的全部积蓄，拿出来帮助他们。可人算不如天算，茯苓刚种好，就赶上接连十多天的倾盆大雨，由于大家缺乏种植经验，没及时把基地积水排出去，结果导致这次种植茯苓以失败而告终了。

这次失败后，王贫借给扶贫对象的自己全部积蓄打了水漂不说，受害者们还都一个个缠着让赔偿损失。后面，虽说镇里出面协调解决了这个问题，但自此那些扶贫对象，再没人把王贫这个扶贫干部放在眼里了，说啥也没人相信了，工作变得更难开展了。

知道王贫遭遇的热心人，都劝他放弃算了，这样下去是干不出啥名堂了。王贫也开始怀疑起自己当初的决定，变得犹豫不决起来。可就在这时候，省里给月亮湾镇派来多名大学生，安排到各村担任村官。

这群年轻人有学识有头脑有干劲儿有志向，瞬间让王贫打消了放弃的念头。常言道：“一个好汉三个帮。”往后的日子里，王贫跟这群年轻人一起根据各村的实际情况，帮忙出思路、找资源、上项目，设身处地来提高扶贫对象的收入。没两年，月亮湾镇就有了药材种植基地、生态果园、生态农庄、土猪养殖基地等多个脱贫致富的农业合作社，那些扶贫对象也都逐渐摆脱了贫困。又两年，王贫当初的目标实现，月亮湾镇全面脱贫，提前进入了小康模式。

这样一来，昔日贫困的月亮湾镇，瞬间成了太平县，乃至东阳市，脱贫攻坚的典范，各级领导都来月亮湾镇现场考察学习，毗邻贫困地区的相关领导也都组团来月亮湾镇学习取经，再加上各级媒体前来现场采访，场面好是热闹。这天，又有一批领导与媒体记者同行，来月亮湾镇现场考察学习了。到了采访环节，媒体记者问那些如今早已有房有车的昔日贫困户："你们谁还有什么困难吗？有的话就都统统提出来，我们要全面脱贫，全面小康，是决不会放弃最后一个扶贫对象，落下任何一个人的！"他们一个个听了都直摇头，表示自己现在过得很好，什么困难也没有了。领导们见了，感到非常欣慰，对月亮湾镇在扶贫攻坚方面取得的成绩做了充分肯定。

可就在这时候，昔日最为困难的扶贫对象木根说话了，他说："我们月亮湾镇还有一人，至今还未脱贫，能帮帮他吗？"在场的人听了，都大为震惊，忙问木根到底是谁。只见木根手指着扶贫干部王贫，说："就是他！这几年来，大家都只知道'要脱贫，找王贫'，可现如今大家都脱贫了，就他没有啊！"大家都齐刷刷将目光投向王贫，这才发现这个至今还骑着自行车的扶贫干部，人如其名，的确还很清贫。

"好干部！真是一个难得的好干部！"上级领导当即向木根承诺，让他放心，他们一定会提拔重用王贫，让他这最后一个扶贫对象，也尽快脱贫。可王贫听了，却不为所动地说："千万别扶我了，我是不会拖月亮湾镇后腿的！"大家听了，都大惑不解。王贫这是怎么了？难道他贪污了？难道他还留着个好的致富好项目给自己？可看上去怎么也不像啊……

王贫说话算数，他果真没拖月亮湾镇的后腿，一个月后便离开了月亮湾镇。但不是发财致富了，也不是被提拔升职了，而是主动要求到太平县更为偏远的后山乡，继续扶贫攻坚去了。

（原发《诚信山东》2021 第 3 期，荣获揭阳市"我的小康故事"征文大赛三等奖）

送你一盒红茶

土生娃是在浮梁农村长大的孩子。浮梁以红茶闻名，他的父母都是普通的茶农。土生娃从小就是块读书的料，大学毕业后他不负众望考上了省城公务员。土生娃去省城报到时，父亲把他送到村口，塞给他一盒自己种的浮梁红茶，语重心长地嘱咐他："娃，官场诱惑大，你要把持好自己！记住爹的话，以后多喝红茶，少喝白酒！喝红茶，可以让人心平气静，保持理智和清醒；喝白酒，则会失去理智，让人乱性犯错误！"土生娃听了父亲的话，使劲点了点头后走了。

土生娃在教育局工作，他虽然只是个小小的教研员，但平时难免还是有些应酬。在各种应酬中，喝白酒是不可避免的，但土生娃始终牢记着父亲那句"多喝红茶少喝白酒"的嘱咐，每次推杯换盏时，他都涨红着脸不好意思地谢绝说："我以茶代酒！"说着，便为自己倒上一杯红茶。

时间长了，土生娃不喝白酒爱喝红茶的事情，不仅全单位的人都知道了，就连外面那些求人办事的人也都知道了。有一天，跟土生娃从小光屁股玩大的发小木瓜拿着一盒红茶来找土生娃了。土生娃问木瓜："找我有什么事？怎么这么客气，还送上礼了！"木瓜"嘿嘿"傻笑着说："其实也没什么事，就是听说你爱喝红茶，就送你一盒红茶！"土生娃听了不高兴了："有啥事直接说，少来这一套！"木瓜这才告诉土生娃，他们两口子在省城打工快十年了，可是眼看他们的娃到了上小学的年龄，却进不了公办小学。土生娃听了，问木瓜有关社保、入学积分、居住证等方面的细节问题，觉得按照相关规定，他们的孩子符合就近入学条件，便找相关负责这方面工作的人员帮他们把问题解决了。

这样一来，不少在省城打工的同乡，便都带着一盒红茶来找土生娃了。他们都说："土生娃，听说你爱喝红茶，我送你一盒红茶！"都乡里乡亲的土生娃也不好说啥，便跟问木瓜一样盘问他们有关社保、入学积分、居住证方面的细节问题，觉得符合就近入学条件便帮他们找人办了，觉得不符合就近入学条件，便收下红茶把红茶的钱给他们付了。

就这样，土生娃在教育局工作十多年，帮群众办了不少实事，但除了小小一盒红茶的友情往来，从不收受任何贿赂，在局里落下了个清廉干部的好名声。为此土生娃的仕途很顺利，一路从普通教研员，到副主任，到主任，到科长……一步步踏上了教育局副局长宝座。

当上副局长后，土生娃的权力大多了，当然找他办事的人也更多了。这天，有个乡村教师带着一盒红茶来找土生娃了。他见了土生娃便说："局长，听说你爱喝红茶，我送你一盒红茶！"

土生娃说："有啥事你说事，否则你这红茶我不敢收！"这位乡村教师说："局长，我想调到城里来！"土生娃说："工作调动，这是人社局的事，我办不了！"说着，便按照惯例把红茶收下，但把钱付了。

土生娃本以为这件事就这样画上句号了，可几天后当他打开茶盒准备喝红茶时发现，里面哪是什么红茶啊，全是满满一盒子红彤彤的百元大钞！土生娃吓了一跳，忙关上门，跟老婆商量怎么处理这件事。老婆瞅了瞅满满一盒子百元大钞，再瞅瞅土生娃想说啥，欲言又止没说出来。其实老婆的心思土生娃明白，这些年来，自己虽说官运亨通，但由于清正廉洁，所以也没挣到什么钱。如今那些主任科长的，都又是买楼又是买车，可自己这个副局至今还骑着摩托车，连套商品房也没有。说实话，自己这些年最对不起的人就是老婆和孩子了！

这样想着，土生娃的心绪慢慢平静了下来。他将盒子里的钱全部倒出来，跟老婆一起数了一遍，不多不少，整整10万。10万元，可是土生娃整整两年的工资啊！按理说，自己跟人社局局长关系还不错，这件事不难办的！土生娃的心开始动了……

往后还是经常有给土生娃送红茶的，他们来了都还是那句话："局长，听说你爱喝茶，送你一盒红茶！"但这红茶都不再是真正的红茶了，打开盒子无一例外都是红彤彤的百元大钞。但有了第一次，土生娃的胆子慢慢大了起来，只要送一盒"红茶"，不管符不符合规定的事情，他都会帮着办。

就这样，没两年，土生娃就买了一套大房子和一辆豪车。有了大房子和豪车的土生娃早就不喝红茶了。每次应酬的时候，他把酒杯举得高高的，说："干！干！来一起干"见此，大家口里不说，可在心里都说，土生娃开始飘起来了！

没错，土生娃是飘起来了，而且越飘越高！可飘着飘着终究是出事了——送过他一盒"红茶"的某市领导落马后，把他咬出来了。马上，纪检委的人就要对他展开调查了。

这些天，土生娃的心里颇不宁静。心里不宁静的土生娃，突然想喝一杯红茶让心里宁静下，便吩咐老婆去倒。可老婆在家里堆积如"小山"的茶盒里找遍了，里面装的全是百元大钞，哪有半点茶叶啊！就在老婆准备放弃的时候，突然眼睛一亮，在"小山"的最底部找到了一盒红茶——浮梁红茶。这是土生娃最爱喝的红茶。老婆马上抓一小撮，泡好，递给他。

这是前两年父亲托人捎给他的红茶。这茶是父亲亲手种的。土生娃端起茶杯，轻轻抿一口，突然想起当年父亲将自己送到村口时那句"多喝红茶少喝白酒"的嘱咐，不由眼泪"吧嗒吧嗒"直往下掉……

次　品

富金县没金，但出陶器，这里出品的陶器做工精美，色泽华润，质量可靠，是行家们眼中的至爱。

富金商人不奸，个个诚实守信，宁可自己吃亏，也不欺骗别人，这种品格深得业界肯定。

富金县物好人好，唯独美中不足的是，这里的商人都不胜酒力，外面流传着一句嘲弄的话叫："半泡马尿就能撂倒一个富金壮汉"。

生意场上不胜酒力哪行？醉酒误事不说，有时候说醉话，还会泄露商业机密。为此，富金县最大陶器厂厂长金总经常苦恼不已。这不，最近金总又遇上喝酒的烦心事儿了。这是一个很大的客户，对方对金总厂里出品的陶器很感兴趣，只是他们老总外号叫"不醉翁"，此人善饮。遇上这类客户，如果酒量好，三杯酒下去，一高兴，一个大订单就敲定了，太好对付了。可偏偏金总像其他富金商人一样，不胜酒力。这可咋办？临近约定洽谈日期的最后几天，金总把自己关在办公室里，成日心烦意乱，茶饭不思。

这天中午，金总正为几天后洽谈会上饮酒的事情烦恼，儿子小金带门卫老张头敲门进来了。小金向金总汇报，今天他带门卫老张头来，就是为金总解燃眉之急的。等儿子把话说完，金总方知，原来门卫老张头家中有祖传神药“不醉丸”，酒前服上一丸，有千杯不醉的神效。

“好药！”金总忙索一丸服下，找一瓶70度白酒试验。结果，连喝数杯，还是头不晕眼不花，跟喝了白开水一样，啥事儿没有。小金见了，站在一旁连连拍手称妙。但金总寻思良久后，对小金和老张头说：“药是很灵、很神，但诚信是咱富金商人之本，咱这样做算不算是在作弊？”小金忙安慰金总说：“金总哪里话啊！酒场不过是逢场作戏，怎么能算作弊呢？”门卫老张头也连连附和：“那是那是！”金总犹豫片刻，最终还是收下了老张头送来的一铁盒“不醉丸”。

洽谈当天相当顺利。金总服过一粒“不醉丸”后，带上几件陶器样品和儿子小金一行，去了跟客户约好见面的酒店。“不醉翁”果真豪爽，把金总他们带来的样品，用小锤轻轻一敲，见声响洪亮清脆，便连连称好，没再挑剔。接下来，就只管饮酒。“不醉翁”不愧叫“不醉翁”，一开口就说：“舔一舔，感情浅！喝一盅，感情深！先喝酒，后谈合作！”如果换平常，不胜酒力的金总肯定胆怯了，但今天服过“不醉丸”的他，不慌不忙，连饮三杯，脸上一点醉意都没有。

一个小时后，不善饮酒的金总就把号称“不醉翁”的客户给撂倒了。酒醉了，话也就好说了。喝醉后，“不醉翁”很豪爽地和金总签下了一笔千万大单。

这次签单成功后，金总把“不醉丸”发放给了自己手下所有的业务人员，甚至还推荐到了整个富金县。从此，“半泡马尿就能撂倒一个富金壮汉”的传言没了，富金商人的酒量，跟富金县的陶器品质、富金商人的诚实守信一起开始在业界声名大噪。

这样一直过了很多年，直到金总慢慢老了，要从厂长位子上退下来了。金总决定把陶器厂交给儿子小金（当然这时的小金已是老金了）来打理。临退前，金总把小金叫到自己办公室嘱咐说：“岁月无情，如今老张头和我一样老了。他可是咱们厂的功臣，我们可不能卸磨杀驴，你一定得照顾好他的晚年啊！”没想到，小金听后笑笑说：“金总，您应该知道咱富金商人为什么没酒量吧？”金总说：“知道啊，当年我们开陶窑的老祖先和竞争对手饮酒，醉后一不小心泄露了祖传的陶器烧制秘诀，结果让竞争对手学去抢了自己的生意，从此富金商人就没了酒量……”“这就对了。富金商人不胜酒力，其实是怕喝酒重蹈老祖先覆辙，心里胆怯所致，并不是真酒量不行。那段时间看您为和‘不醉翁’在洽谈会上饮酒的事成日愁眉苦脸，我就琢磨着为您设了个“不醉丸”的骗局。其实，哪有什么祖传“不醉丸”，不过是普通的山楂丸罢了！”

“啥？骗局？”金总听后一惊，不小心把手边一铁盒“不醉丸”打翻了。一粒粒“不醉丸”散落在地，装“不醉丸”的铁盒，落在地面一件陶器上，只听“咔嚓”一声，陶器碎了，声响沉闷沙哑。

“次品？！”金总惊叫一声，像一团散沙软瘫在了沙发上……

多少年了，金总做梦都没想到，有一天，他能在富金县的陶器里发现次品，而且这件次品出于自己公司，还是自己在办公室里天天瞅着的样品。

军功章

我立功了，拿着军功章去找父亲，可没想到被他泼了一头的冷水。

父亲拿着我的军功章看了看，说：“不就是一枚三等功军功章吗？这玩意儿，我这儿多得是！”说罢，将军功章还给了我。

我接过军功章，气得直歪嘴。这可是自己火中救人，差点丢了性命，得来的货真价实的军功章，怎么被父亲说得这么一文不值呢？真气人！

看我不服，父亲笑了笑，说：“要不，我拿军功章给你看看？”我听了，冷笑说：“好啊！拿来让我开开眼！”父亲起身，一瘸一拐地去了茅草屋。

我之所以冷笑，是因为我只知道，父亲曾当过兵，还打过仗，那条有点瘸的左腿，是在战场受伤落下的残疾，可从没听说他还有什么军功章。再说了，那年月，如果多少立下点战功，也不至于新中国成立后回到这么荒凉的地方，一辈子给烈士守墓。所以，我根本不相信父亲会有什么军功章。

大约 10 分钟后，父亲一瘸一拐地从屋里出来了。等走到我跟前后，他把六枚军功章递给我，说：“军功章，瞧瞧！”这是六枚淮海战役中的一等功军功章，虽然有点陈旧了，但上面字迹完好无损，的确是货真价实的军功章。我拿在手中，左看右看后，疑惑地问父亲：“能在淮海战役中立一等功，现在不是团长，起码也是师长了，可您怎么……”

听了我的话，父亲沉重地说：“这六枚军功章，没一枚是我的，我只是在替别人保存！”

“替谁保存？”我问。

父亲朝身后的那片烈士陵园望了望，然后语重心长地对我说：“这片陵园躺着的，可都是华东野战军渤海纵队十一师十六团二营三连的烈士啊！当年在淮海战役中，这个连接到一个秘密任务，就是要夜间偷袭敌人，将敌人引入解放军的埋伏圈。接到这个任务后，大家都不敢怠慢，全连 100 多号人积极投入战斗，按计划成功将敌人引入埋伏圈，战争大获全胜。可这个连的 100 多名战士，全部都牺牲了……”

说到这里，我打断父亲的话，问：“那这六枚军功章是他们的吧？”

父亲说：“是啊！这个连的英雄事迹，震动了整个军区，后面总司令陈毅给他们都记了军功，给表现最为突出的战士发了军功章。可他们都已经牺牲了，啥都不知道了。这军功章呢，能找到家人的就给了家人，联系不上家的人就由我这个守墓老头代为保管着。”说到这里，父亲含泪说：“娃，我们活着的人，谁功劳再大，能大过这些烈士吗？可他们立功后，又得到什么了？”

听到这里，我庄严地朝身后那片烈士陵园行了个军礼，啥也没说走了。

我这回来找父亲，是有事求他的。我在部队救人立了三等功，想借此机会，叫他帮着走走关系，留在部队。可不料，被他看穿了心思，用一个故事巧妙地回绝了。

后来，我退伍回家了。

再后来，父亲去世了。

再再后来，我接父亲的班，做了烈士陵园的守墓人。

……

多年后，我们这里来了个自称是当年华东野战军渤海纵队十一师师长的中央老首长，拿着一枚军功章找一个叫刘永生的人。他说，刘永生是他十一师十六团二营三连的连长，是淮海战役中渤海纵队三连唯一的幸存者，可他硬是把功劳记到了烈士们身上，说自己指挥不力，让全连战士丢了性命，有罪！所以解放后，他执意要求退伍，后来不知去向……

听了我大吃一惊，因为我父亲的名字刚好就叫刘永生。

（原发《鑫余文学》2023 年第一期）

看飞机

“轰隆、轰隆……”飞机场飞机一架接一架起飞。坐在候机室的明子，心怦怦直跳，头冒冷汗，大脑里不断“轰隆轰隆”作响。

明子是个贪官，今天，他准备要卷款潜逃。还有一个钟，他乘坐的那趟飞机就要起飞了。

“轰隆、轰隆……”飞机一架架飞上了高空，明子想起了自己的父亲。

父亲是个罗锅儿，个子矮，力气小，村里人都看不起他，连孩子都欺负他；再加上，家里孩子多，生活压力大，在明子记忆中，父亲的腰杆儿从来都没直过。可父亲很乐观，爱说爱笑，更爱跟大家一起凑热闹去看飞机。

那时的农村，能看的热闹实在太少，除了过年看耍社火，庙会看唱戏，值得去看的也就只有飞机了。

“飞机，飞机，我看到飞机了……”只要天空中“轰隆轰隆”响，大家就都不约而同地从家里跑出来，仰头朝天上看。每次，父亲也跑出看飞机，但他背驼，仰不起头，始终都看不到。看大家都在欢呼，他凑过去没趣地问：“飞机长啥样儿，好不好看？”别人哄他说：“飞机跟你一个样儿，也长着个罗锅儿！”父亲听了，半信半疑地说：“啥？那大家直接看俺就好了，还看啥飞机呀？”大家听了，笑得前俯后仰。

小时候，明子跟别人一起笑话父亲，但慢慢大了，他不笑了，每次有人取笑父亲，他还会跟别人吵架。明子发誓，要努力学习，将来带父亲走出穷山沟，去城市里生活，去坐飞机。

明子很争气，若干年后，考上大学留城里工作了。明子官场得意，若干年后，当上了副局长。明子很孝顺，买车买房后，便来接父亲进城。

明子说：“爹，上车吧，俺接你到城里享福去！”

父亲说：“不去！俺罗锅子没那个命！”

明子说：“爹，说啥呢！跟儿子进城吧，俺带你去坐飞机！”

父亲说：“不去！飞机飞太高，怕掉下来摔死！”

看父亲这个样儿，明子有点急了：“爹，儿子有啥不对，您直说，打俺骂俺都行，可别把气憋在心里憋出病来！”

父亲这才说：“你兔崽子这几年混得不错啊，都住上别墅，开上豪车了！说！这些钱是什么路上来的？”

明子笑笑，说：“俺上班挣的呀！”

父亲听了，火冒三丈：“畜生！你才上班多久，就算不吃不喝不用，也挣不到这么多钱！说！这些钱是什么路上来的？”

明子看没办法，只得把贪污受贿的事向父亲如实交代了。

“你个羞先人的畜生，八辈祖宗的脸被你丢尽了！还不赶快去自首，非要看着老子一头撞死啊！”父亲哭喊着，像个不倒翁一样在地上打滚。

不一会儿，大家都来了，村支书和德高望重的九爷也来了。村支书说：“大侄子，听你爹的，去自首了吧，争取宽大处理！”九爷说：“大孙子，听你爹的，去自首了吧，有错咱就改！”村民们也都说：“去自首吧，去自首吧……”

最后是村支书和九爷，扶起罗锅父亲，驱散人群，放明子走的。他们要他回去好好反省，在一个月内自首，否则他们要大义灭亲了。

明子害怕去坐牢，不想去自首；变卖了所有的家当，准备出国潜逃。

“轰隆、轰隆……”又几架飞机起飞了。离明子坐那趟飞机起飞，还有20分钟了。明子突然想到，自己逃走后，纪检委的人来家里，带父亲去问话。村里人都向他身上吐口水，扔臭鸡蛋，泼大粪，骂他生了个当贪官的儿子。从纪检委回来，父亲的腰更弯了，背更驼了，头发更白了，眼睛也瞎了……

想着想着，明子打算不逃了。他把飞机票撕了个粉碎。他准备要回去自首。他走出了候机室。

外面的阳光很好。在候机室外，明子看到了父亲，还有村支书和九爷。不知什么时候，他们跟踪自己到这里来了。明子朝他们招手：“嗨，我是明子，我要跟你们回去自首！”他们看到明子，个个都落泪了。

“轰隆、轰隆……”有架飞机从他们头顶飞过。只见罗锅父亲，仰着头，出神地望着天空说："飞机！我看见飞机了，像鸟，像鱼，没长罗锅儿！"

明子朝父亲望去，第一次看到，他腰杆儿挺得这么直，头仰得这么高……

（荣获"岭南杯"佛山小小说创作大赛优秀奖、杭州萧山区廉洁小小说大赛二等奖，入选《2018 佛山小小说选本》）

◀ 算　账

30多年没再算账的老会计今晚要算清一笔账。这笔账他害怕算，但又不得不算。

老会计颤抖着从立柜里取出尘封多年的算盘，像当年在生产队当会计时一样，“噼里啪啦”地打了起来。他的动作越来越慢，脸色也渐渐变得凝重起来。

老会计想算这笔账，是他去城里看儿子回来之后的事。

老会计的儿子是清丰县的副县长，一届任期结束又顺利连任了，真可谓是仕途一片光明。但不知怎的，自从城里看儿子回来那天起，老会计的心里就没再舒坦过一天。

儿子不孝吗？非也！儿子发达后坐名车住豪宅，但并没忘记他爹老会计。这回儿子叫老会计去城里，就是叫他常住的，别墅都买好了。但老会计身在福中不知福，当得知儿子的别墅和车子都是一次性付款后，他头也不回就回乡下了。

老会计回家是怕给儿子增加负担吗？不是，他是为算清一笔账。

老会计在生产大队当了十年的会计，对数字相当敏感，所以当他得知儿子的别墅和车子是一次性付款的后，就感觉事情不太对劲儿。“宝马”多少钱，别墅多少钱，副县长工资多少钱，老会计还是知道的，所以他不相信儿子当了五年县官就有能力买别墅和“宝马”。那莫非？想起电视里那些什么“苍蝇”和“老虎”，老会计越想越怕……所以他要回来替儿子算算账。

老会计多么希望自己是算错了啊！但算了一遍又一遍，最终的结果还是就算这五年儿子不吃不喝不穿不用，也挣不够这么多钱。

算完后，老会计哭了一夜，第二天他又去了城里。

老会计把那笔账当着儿子面又算一遍后，语重心长地说：“儿啊，爹爹劝你把别墅和车子都卖了，把赃款退归原主。你现在才四十岁，后面的路还很长，一旦东窗事发，你这辈子就完了。别墅、车子比起生命，孰轻孰重，这笔账你会算！”

儿子还算开明，掂量几天后，最终卖了别墅和车子，退回赃款，投案自首了。由于主动投案，从宽处理，只判有期徒刑五年。

故事没完。五年后，老会计儿子重获自由时，清丰县几位官员却纷纷因贪污落马，被判重刑。

（《大江晚报》2015 年 6 月 14 日，荣获杭州萧山区廉洁征文大赛二等奖）

◀扶贫车蹍死一只天价鸡

市里下来的扶贫车，在乡村公路上缓缓行驶着。

这是次大型扶贫行动，市领导班子、市报记者、县乡两级领导干部都来了，规模空前绝后。

这次的扶贫对象，是河滩乡最穷的村马家湾。

提起马家湾，这次扶贫行动的最高领导者——副市长马保全最清楚。十年前，他在基层时，曾担任河滩乡乡长。那时候，他下基层扶贫，经常去马家湾，每次都给困难户送去米和油，但扶来扶去，马家湾还是那么穷。多年没回去了，现在的马家湾会是怎么样的呢?

正想着，车已经开到了马家湾的村口。这时，不知怎么了，马保全坐的那辆车，被人拦住了。马保全一看，拦他车的不是别人是马家湾最穷的人——狗蛋儿。马保全打开车窗玻璃，笑着对狗蛋儿说："狗蛋儿，这回是精准扶贫，发小猪仔，困难户每家一头，有你的！"可没想到的是，狗蛋儿听了却说："市长大人，您还记得我叫狗蛋儿啊？ 10年前，您的扶贫车踉死了我家一只下蛋的老母鸡，现在还赔不赔啊？”

狗蛋儿的话，把马保全弄得一头雾水。好在河滩乡现任乡长胡来还记得这事，他对马保全耳语说：“10年前，你调县里去了，狗蛋儿还真来乡里找你要过几回鸡钱。”马保全听后，笑着说：“不就是一只鸡嘛，我赔！”说着，掏出100元，塞给狗蛋儿说：“拿着，够买两只老母鸡了！”

扶贫车里的市报记者再也坐不住了，赶忙下车，把摄像头瞄准了狗蛋儿。他想，狗蛋儿接过钱后，定会说一番感激的话，明早市报头版头条非这件事莫属了。但不料，狗蛋儿却把钱丢在了地上。

马保全等人看形势不妙，赶忙下了车。下车后，马保全问狗蛋儿：“是不是嫌少了？”说着，又掏出100元塞给狗蛋儿。市报记者再次把摄像头瞄准狗蛋儿。但不料，钱又被狗蛋儿丢在了地上。

这回，马保全有点生气了：“狗蛋儿，200元还不够？你想要多少啊？”狗蛋儿狮子大张口，说：“10万！”一起的领导干部都笑了，记者也跟着笑了。胡来乡长笑着说：“狗蛋儿，你以为你的鸡是大熊猫，还10万！快让路，要不然给你们村主任打电话了！”

狗蛋儿拍着巴掌说：“10万咋啦？我那可是只下蛋很厉害的母鸡！如果不被扶贫车踉死，老母鸡下蛋孵小鸡，小鸡长大再下蛋孵小鸡，小鸡长大再下蛋孵小鸡……10年该是多少钱啊？”

看狗蛋儿故意捣乱，乡长赶忙给马家湾村主任打了电话。

不一会儿，村主任带着村治保主任来到现场。村主任对狗蛋儿说："还不快滚！小心送你到派出所！"狗蛋儿这才在村治保主任的推搡下离开了。

临走时，狗蛋儿说："合起伙来欺负人，我到法院和纪检委告你们去！"

大家听了都哈哈大笑，当然没人拿狗蛋儿的话当真。

村主任带领导、记者们进了村。

扶贫工作进行很顺利，村里 57 个贫困户，一家一头小猪仔。村主任当着领导们的面，对大家说："这是市里给我们村的精准扶贫项目，这些小猪仔是让我们养的，不是给我们吃的！你们要把小猪仔杀吃了，看我怎么收拾你们！"领到小猪仔的困难户，都一再向村主任和各位领导保证，一定好好养着，绝不杀吃。

扶贫结束后，市报对这次扶贫工作进行了大篇幅报道。因为这个，马保全得到了市委书记的表扬。市长快退了，马保全是市长候选人之一，这表扬对他简直太重要了。但让马保全没想到的是，就在这时候，有场官司正等着他——老实巴交的狗蛋儿真把他告了。

这时候，跟农民打官司自然不合适。马保全赶快派人去跟狗蛋儿私了，答应给狗蛋儿一万元，一只鸡当两头牛来赔。可狗蛋儿就是不答应撤诉，非把这场官司打下去不可。

找律师，找证据，找线索……狗蛋儿在市里忙活多日，才回到村里。大伙儿都问他："官司打赢没有，10 万元赔偿拿到没有？"

狗蛋儿默不作声。

半个月后，市里来人了，向村民们调查这些年村里的扶贫情况。村民们都笑着说："政府对咱可好啦，每年一壶油，还有一袋面粉。"市里来的人问："没别的啦？"村民们说："没啦！"市里来的人，什么也没说走了。

又两月后，村民们都差不多忘了这事。可就在这时，几辆大卡车停在了村口。来人说是来扶贫的，给村民们每家五袋面粉，五袋米，五壶油，困难户每户外加1000元钱。村民们哪见过这么丰厚的扶贫物资，都乐坏了。

这次扶贫力度咋就这么大呢？刚扶了小猪仔，又扶这么多东西，大家怎么也想不明白。刚从乡里回来的村会计，拿着一张报纸告诉他们："本来咱们每年都有这么多扶贫物资的，都被那些王八羔子贪了，上次来咱村扶贫的副市长马保全、县长王大海、乡长胡来等一批干部都涉嫌贪污扶贫款落马了，咱马家湾的村主任也被免职了。这群王八羔子，全被咱村的狗蛋儿给告下了！"

原来，平时爱看报的狗蛋儿，在报上看到，市里每年都给河滩乡拨数百万扶贫款，可马家湾是河滩乡最穷的村，每个困难户每年只领到一袋面和一壶油，这么多钱用到什么地方去了？他曾以赔鸡为名，找过几回当时的乡长马保全，都没见上人；想找相关部门投诉，可拿不出有力证据。直到10年后，马保全再来马家湾扶贫，他才逮住这个机会，以让赔10万元鸡钱为由，告了他。审判过程中，他跟律师配合，通过赔鸡案，带出扶贫物资去向问题，最终扯出了一桩巨大贪污案。

听村会计说完，马家湾的人都对狗蛋儿刮目相看，虽然他还是马家湾最穷的人，但大家都非常敬仰他。等村委会换届选举时，大伙儿还选他当上了马家湾的村主任。

（本文荣获佛山市法治故事与法治微小说作品大赛三等奖）

◀ “六亲不认”的表弟

第一次喜欢上“一人得道，鸡犬升天”这个贬义典故，是表弟当上交警后。典故中，刘安得道后，连他家的鸡、狗、猪等都沾光，跟着一起上天了，看人家多讲情义！可我的表弟呢，才当个小交警，就开始“六亲不认”了。

表弟和我是从小一块儿光屁股长大的。那时姑父身体不好，干不得重活儿，他家总是吃了上顿没下顿的。正是这样，那年表弟考上交通大学，学费还是村里人你五十我一百，一点点凑的。当时表弟感动得趴地上连磕三个响头向乡亲们承诺：等毕了业，一定要回来报效家乡，回报恩人。

四年后，表弟毕业了，并通过公考，如愿以偿做了一名交警。交警什么官儿，九品芝麻官都算不上，所以那些曾帮助过他的人，压根儿没想着沾什么光，倒是村里几个跑车的，觉得有表弟这个交警队干事的，为他们提供不少方便。

表弟的接生婆荷花婶孙子大奎在城里开出租车拉客。有天出车时，碰到一个阔别多年的战友。大奎是个爽快人，见面一叙旧，就带战友去了饭店。本来开车不该喝酒的，但大奎一高兴，把这个忘了，二人边喝边聊，喝着喝着就喝高了。战友家住乡下，回去十里地，让大奎送他一程。大奎喝高了，但还没全迷糊，他知道酒后不能驾车，没答应。不料，被醉如烂泥的战友笑话："胆小鬼，怕大盖帽儿了吧！"大奎军人出身，最怕被人取笑，他想想，今天那段路表弟值班，就答应了。

可车刚上国道，就被正在值班的表弟撞见了。表弟不管三七二十一，上前按相关交通法规，对大奎进行了扣分罚款。

大奎回家后，把这事告诉了奶奶荷花婶。荷花婶听后，那个气："这狼心狗肺的，当年他娘生他时，肚子疼得满地打滚，要不是我……我找他去，不信不给我个面子！"可没想到，荷花婶去后，表弟不仅没领情，还当着很多人面，把荷花婶说了一通。荷花婶气不过，找姑父说理。姑父给荷花婶赔礼道歉后，赶忙打电话教育表弟，可表弟还是油盐不进，只说交通法前没有私情。

村里除大奎开出租车，还有个开货车做买卖的，是表弟亲叔。生意人嘛，总想占点便宜，几乎每次发车他都是超载的；表弟当交警后，自认"朝中有人"，就更有恃无恐了。城里交警多是表弟铁哥们儿，都睁一眼闭一眼，不好追究。可有次超载，被表弟给撞上了。表弟上前叫停，可车只是减速了，没停，车里传出他叔声音："二娃（表弟小名），是我，你叔！"表弟听后，迟疑片刻，最终还是扣分罚款，做出了严肃处理。

表弟处罚亲叔的消息，瞬间在村里传开了。

"逆子，真是个六亲不认的逆子！你当初没钱上大学，是你叔带头拿出了2000元，你怎么就这么没良心啊！"姑姑气得几天下不了床。

“这畜生，把人得罪尽了，现在连亲叔都不放过了，我祖上到底造的什么孽啊！”姑父更是火冒三丈。

村里人也都议论纷纷：“这个二娃太没人性了，才出息几天啊，就这样了！”

可表弟呢，还是那句话：“交通法前没有私情！”

这些都是别人的事不说也罢。但后来，我父亲，也就是表弟的亲舅舅，也差点栽在了他手上。

那年我妹出嫁，送亲的人多，可只雇一辆客车，坐不下，父亲就让大家挤挤，大家也没啥意见，可表弟不同意，他当着司机的面说：“我是市交警局的交警，今天要超载，就扣你的驾照，罚你款！”

“二娃，你这不是分明捣乱吗？今天啥日子，你送亲来的还是执法来的？”司机还没开口，父亲就接腔了。

可表弟横竖不听，不给他这个舅舅一点面子。父亲生平最好面子，当场和表弟大吵起来。结果到头来，多雇了辆车不说，喜事也被搅得一团糟。

事后，姑父亲自登门赔罪，但父亲说什么都不肯原谅，把姑父拿来的一瓶酒塞回姑父包里，说：“这条亲戚路从此断了吧！二娃是我看着长大的，小时候没少在我家吃喝，现在翅膀硬了，就成仇人了！”姑父还想解释点什么，但已被父亲推出去，把门关上了。

我们两家关系一向很好。得罪父亲后，姑父气得差点喝了耗子药；姑姑找到交警队，责令表弟去给舅舅认错，可表弟还是那句话："交通法前没有私情！"

事情本就这样过去了。可几天后，明明知道拖拉机是不能上高速的姑父，却硬把自家的农用拖拉机往高速公路上开。那路段正好是表弟所管辖的。一起值班的几个交警看是表弟的父亲，都面面相觑，不知如何是好。表弟见了，直接上去，把姑父拦下，没收拖拉机，罚款 500 元，还带到局里一通教育。

姑父走后，表弟几夜睡不着觉，他就是想不通，姑父明明懂交通法规，他故意把拖拉机往高速上开的目的到底是什么，是报复自己？但这又不像他的性子……

可说来奇怪，自打这事后，村里不仅再没人骂表弟六亲不认，还反倒夸他：执法严谨，公正无私，连自己父亲都不留情面，世上多一名这样的好交警，就多一份平安！那些曾经被他得罪的人，也都认识到错误，开始改过自新，严格遵守交通法规了。

这时，表弟才突然明白，姑父为什么要开农用拖拉机上高速了："爹，您这是何苦呢？""六亲不认"的表弟跪在姑父面前泣不成声……

（原发《重庆交通》2017 年第三期）

不关法的事儿

警车到离石头村 10 里远处就停下了。石头村，村如其名，偏僻落后，至今还没通车，除了石头和光棍汉，别的啥都短缺。石头多了，变不成钱没啥屁用，但也不害人；可光棍汉多了，不仅变不成钱，还在人贩子手里买女人，违法犯罪。今天，法官老张就是陪同民警去石头村寻回一个叫莲的被贩卖女人。

莲是两个月前被警方营救后再次去的石头村。按理说，这样的小事，让公安局派几个民警去就行，根本用不着老张，但今天他非去不可，他在生一句话的气："这不关法的事儿，我找婆姨有啥错……"

这不关法的事儿？屁话！我当法官 20 年了，只要犯了法，哪有不关法的事儿的？老张边走边想那天的事。

那天，法官老张是陪同民警和莲她娘一起去的石头村。人贩子早被抓获，他们轻而易举就找到了被贩卖的莲。当时莲正坐在屋里奶孩子，男人石头在院里劈柴火。看进来两个民警，石头吓傻了。娘进屋抱着莲哇哇直哭："莲，娘来寻你了，今天就带你走！"娘夺过莲手里的孩子，放在炕上，拉着莲的手出了屋。

屋里孩子一直在哭，引来了不少人，村主任和德高望重的九爷也都来了。娘带着莲要走，被石头拦住了。“王石头，你放开！”民警朝石头一喊，石头才松开了手。可刚到门楼口，又被村主任拦住了：“莲啊，你不能走！你走了村里的那帮娃儿谁管！”正说着，一群孩子跑进来喊：“老师，您不能走！我们不让您走！”莲看看孩子们，停住了脚步。

娘推开村主任，拉着莲继续走。九爷过来说：“莲，你不能走！石头对你咋样？你走了娃咋办？”莲看看石头，看看屋里哭泣的孩子，又停住了脚步。她刚贩到这个村时，是被关起来的，但男人石头对她非常好，自己吃玉米面给她吃白面；自己穿打补丁衣服给她买新衣服；她是城里人爱卫生，石头在十里外挑水给她洗澡……后来她感动了，不想跑了，在村里当老师了，还给石头生了娃。

屋里孩子还在哭。莲挣脱娘的手，说：“我不想走了！我要留在这里！”娘说：“你疯了？留在这里怎么行？你喜欢这里吗？喜欢这个粗笨的男人吗？”莲说：“我没疯，我就是不想走了！”老张说：“这不行，你跟王石头结婚了吗？”莲没话说了，最终被带走了。走时，村主任和九爷紧紧攥着石头的胳膊，石头嘴里不停地喊着：“这不关法的事儿，我找婆姨有啥错……”

老张边走边思量着，可怜天下父母心，莲这次再回去，肯定是丢不下她幼小的孩子！如果可以的话，这回就帮她把孩子带走！这群光棍儿简直太可恶了，还不关法的事儿呢？

鸟儿成双成对，在树枝上啁啾着。有几个树底下纳凉的光棍儿看见民警，吓一跳说：“我们没犯法，我们是光棍儿，可我们没买女人，别抓我们！”说着屁颠颠溜走了。

老张笑了。这群光棍啊，既可怜又可恨，可男多女少的社会问题，毕竟不是法律能解决的事儿啊！老张似乎有些惆怅。

很快，老张和民警到了村小学门口。教室里传来一阵琅琅读书声，里面老师领读一句，学生跟着读一句。领读的老师是莲。民警说：“我们把她带出来！”老张摇头。

这时，他们看到了石头，他在教室外面抱着孩子在哄：“嗷嗷，不哭！嗷嗷，不哭！等妈妈下课，就有奶吃了！”民警说：“我们抓住石头，帮莲夺回孩子！”老张还是摇头。

不一会儿，村里人都赶来了，他们手里拿着铁锹、镢头、斧头要玩命了。带头的几十个光棍儿说：“谁带走老师，让娃儿们成睁眼瞎，长大了跟我们一样打光棍，我们就跟谁拼了！反正我们都是光棍儿，也没啥牵挂！”民警说：“他们人多，我们打电话到局里求援吧！”老张还是摇头。

……

鸟儿成双成对，在树枝上啁啾着。铁面无私的法官老张，突然落泪了。民警说：“老张，你今天怎么了？”老张看看教室里，看看石头和他怀里的孩子，看看眼前不怕死的光棍们儿，突然冒出一句：“我们回吧，这不关法的事儿！”

（荣获佛山市“弘法杯”法制小小说大赛优秀奖）

第二次越狱

新官上任三把火，杰克当上警察局局长后，要做的第一件事就是抓获汤姆。

汤姆是个江洋大盗，几十年来盗窃财物不计其数，但鲜有失主报案。常言道“民不告官不究”，所以多年来，汤姆一直逍遥法外。当然也不是说汤姆从没被抓住过，前任警察局局长迈克新上任时，为树威信也曾抓获过汤姆一回，可惜被他越狱逃跑了。杰克想再次抓获汤姆，就是要证明自己比前任局长迈克强，也好在老百姓面前树立威信。

杰克带领下属全城搜寻，两月后终于在街上找到汤姆，并抓获。杰克把汤姆关进监狱后，内外严加防守，生怕他再次越狱逃跑。但时间长了，杰克发现汤姆只是个普通小偷，并没像传说中的那样长三头六臂。那他凭啥盗窃财物没人报案，上次被抓还越狱逃跑了呢？杰克准备亲自审问。

“汤姆，坦白从宽，抗拒从严！为啥你窃财无数，却没人报案？”“回警官先生，因为我盗窃的都是大额巨款！”“大胆！盗窃大额巨款，失主岂有不追究之理？”看杰克发火，汤姆接着说:

“回警官先生，因为我只盗贪官！”

杰克没再往下问，他知道汤姆说了实话。在官场多年，杰克明白，很多贪官家财不明，被小偷盗窃财物后不报案是怕惹祸上身。

过一会儿，杰克接着再问：“那上次越狱是怎么回事？”汤姆没有直接回答，只说：“这次我还会越狱的！”“还会越狱？大胆！”“警官先生，这次您若不让我越狱，等我从监狱出来，就盗你家所有财物，然后自首！”杰克听后脸色苍白。

几天后，汤姆第二次越狱了。

第四辑 旧瓶新酒

一盘好棋

北宋仁宗年间，宋辽两国互争疆土，交兵不断，民不聊生。上至文武官员，下至黎民百姓，无不怨声载道，但又无可奈何。

这年，边关告急，辽军再次来犯。多年征战，将士们早已疲惫不堪。文武大臣欲谏仁宗休战议和，但又深知仁宗争强好胜之秉性，故欲言又止。

仁宗召栋梁之臣包拯后花园议事。

仁宗曰："辽军犯境，欲夺我雁门关，包卿家有何退敌良策？"

包拯跪地曰："请陛下恕罪，老臣尚无退敌之法。"

仁宗怒而曰："大胆！尔等大臣在朝为官，食国之俸禄，关键时刻岂言无策？"

包拯曰："恕老臣斗胆，非老臣不助陛下也！只因近日身体微恙。"

仁宗曰："来人，传太医！"

包拯曰："不用，与陛下下盘棋即好。"

仁宗笑而曰："好你个包拯，原来是棋瘾犯了。前日输于朕，还嫌不够？来人啦，摆棋！”

侍从为其二人摆棋。

包拯起身，与仁宗对坐楚河两岸。

包拯与仁宗虽属君臣，但乃多年老棋友。只是包拯赢多输少，仁宗输多赢少，包拯棋艺略胜仁宗一筹。然，仁宗每逢输棋，几日后便找包拯再下。而包拯生性刚烈，铁面无私，每逢对弈，当赢则赢，当输则输，当仁不让。故，十多年来，仁宗和包拯从未间断对弈。

“马走日，象走田；车走直路炮翻山；士走斜线护将边；小卒一去不回还……”仁宗包拯二人，决战棋盘，当仁不让。

一个时辰过后，包拯明显占了上风，把仁宗将帅逼得近乎无路可走，但不知怎么的，包拯一不留神，下错一子，仁宗死而复活，最后二人以和棋告终。

包拯笑曰：“臣与陛下对弈十余载，今日乃下得最好的一盘！”

仁宗曰：“何以见得？”

包拯曰：“往日对弈，要么臣赢陛下，要么陛下赢臣。臣赢陛下，臣喜而陛下悲；陛下赢臣，陛下喜而臣悲！今日和棋，臣不赢陛下，陛下亦不赢臣，岂不皆大欢喜？”

仁宗听后笑而曰：“的确是盘好棋，不过棋朕已陪你下完，退敌良策，明日早朝拿不出来，依法论处！”

包拯谢恩告退。

回家后，夫人问包拯：“明日献何良策于陛下？”

包拯笑而不语。

次日早朝，仁宗宣布：已修书辽国萧太后，宋辽两国休战谈和，以雁门关为界，一面为宋一面为辽，泾渭分明，永远互不侵犯！

满朝文武皆大欢喜，举国百姓感念皇恩浩荡。

唯有包拯默念："好棋，真是一盘好棋！"

（原发 2017 年 3 月 12 日《中山日报》，《小小说选刊》2017 年第 21 期转载，后又被《小小说月刊》《民间故事选刊》等多家报刊选载）

◀包公妙法审贪官

北宋仁宗年间，登州府贪污腐败严重，接连三任府尹都因贪污受贿被革职流放，仁宗对此焦虑难安，千里之堤毁于蚁穴，若不及时彻查，或将殃及江山社稷。有大臣谏言，何不命包拯彻查？仁宗准奏，任包拯为钦差大臣，一个月内彻查此案，并在登州各官员中，保举一品学兼优者，接任登州府尹。

包拯不敢辱命，即日便带领公孙策、展护卫、王朝、马汉、张龙、赵虎等一班人马，快马加鞭赶往登州。然而，此案涉嫌官员众多，且多在朝廷有后台，包拯一行明察暗访数日，案情进展甚微，保举府尹之事，更不必说。一个月期限连过多日，包拯寝食难安，茶饭不思。公孙策建言，考试。包拯大惊。公孙策凑前耳语。包拯连称，良策。

时间紧迫，随即便在登州城内四处张贴告示，宣称三日后将在登州地方各官员中公开考试，选拔一名品学兼优者接任登州府尹。这次史无前例的考试，瞬间，在茶楼小巷、客栈饭铺，传得满城风雨。有考试资格的大小官员，不失良机，纷纷报名应试不说，还都孤灯相伴，长夜不眠，温习诗书，为三日后的应考临阵磨刀。

三日后考期一到，各应试官员都胸有成竹赶往考场，包拯亲任主考官，公孙策为副主考官，展护卫率领王朝马汉张龙赵虎手持宝剑，维护考场秩序，其场面空前绝后。众应考官员心怦怦直跳，一分一秒地等着考官发卷。然而，试卷下发后，却都大吃一惊，自己临阵磨刀温习的那些诗书一无用处，考卷要求仅写一文，题为《假如我是贪官》。怎么能自己说自己是贪官呢？顷刻，考场气氛甚是紧张，各应考官员头冒冷汗，面面相觑，不知从何下笔。见此，包拯命公孙策宣读考场规矩：此次考试交白卷者，严惩。众应考官员，迫不得已，这才执笔答卷。

包拯定睛紧盯各答卷官员一举一动，公孙策在案头边看边写，考场气氛愈加紧张。众应考官员不明此举用意，心慌意乱，文章没了章法，字迹也变得歪歪扭扭。

考试好不容易结束，众应考官员原本都是来竞考府尹一职的，但见考试内容，多已失去信心，更不知包黑子葫芦里卖啥药，便准备悻悻离开。包拯挥手言，且慢！一个时辰后，即公布考试结果。众应考官员再次大吃一惊。

紧接着，公孙策协助包拯现场阅卷。应试者近半百人，但考卷文章几乎千篇一律，其内容多反复澄清自己绝不是贪官，然后又反复论证自己如何清正廉明。公孙策拿出现场对每个考生表情神态的记录，让包拯参考评卷。看完一份份考卷，包拯都连连摇头，直到看到一个叫张文选的人的考卷。张文选为登州辖下某县县丞，现年三十有五，他文章虽措辞一般，但没澄清自己，为自己开脱，而是当作一篇文章，大大方方写出了假如自己是个贪官的种种情形。再结合公孙策提供的考场考生表情神态记录，发现张文选考试时，镇定自若，表情自然。大人，应该是他。公孙策道。包拯点头。

考试结果宣布张文选录用，并由公孙策当场朗诵其文。听罢，应考众官员吓出一身冷汗，只有张文选本人镇定自若。包拯言，白天莫做亏心事，半夜不怕鬼敲门！张文选正是没做下亏心事，心里没鬼，才敢大大方方写下这篇文章，而做亏心事者，心里有鬼者，只会离题万丈，为自己强加澄清，为自己强加狡辩，为自己歌功颂德。其实，澄清越多，暴露就越多……听罢，众应考官员知道自己种种贪污腐败罪行，已在考卷中暴露，个个心惊胆战，想借机逃走，却被展护卫他们拦住。

顷刻之间，考场变成公堂。包拯根据各自考卷澄清的内容和公孙策记录的考生表情神态，再结合最近几天的明察暗访，已对他们贪污罪行掌握十有八九。后经一番周密审讯，个个看罪行已败露，吓得浑身筛糠，连连跪地求饶。包拯从中找出两名重罪者，当场虎头铡侍候，以儆效尤，其余押回开封发落。

包拯不辱使命得胜归来本是好事，但以庞太师为首的一伙奸逆之臣心存嫉妒，便向仁宗谏谗言称，包拯此办案之法不甚合理，被斩首者未必有罪，而所保举之人未必贤良。包拯当即立下文书，若有差池，愿以项上人头担保。仁宗允诺。

张文选上任后，自知责任重大，对包拯保举之情，更是没齿难忘。自此，以包拯为模，公正廉明，不畏权贵，造福一方百姓。此后多年，登封府再没出现过贪污腐败现象，压在仁宗心里的石头终于落地。

（原发《梨乡潮》2016 年第 1 期）

乾隆皇帝和太仓芋艿

乾隆元年春天，阳光明媚，春光灿烂，初登大宝的乾隆皇帝，准备趁着这个好时节，微服下江南，私访民情，以便往后更好治理国家。

为不扰民，乾隆只带随从二人，乘舟顺流而下。

途经江宁、苏州、杭州、扬州……人民安居乐业，百姓生活一派祥和。乾隆看后，心中甚慰。但有一随从谏言，何不去偏远山村走走，那里或许住着生活疾苦的百姓。乾隆听后允诺。

往后一个多月时间，乾隆一行，跋山涉水，专访穷乡僻壤之地。有一回，他们来到苏州太仓境内，在一偏远山区迷路。乾隆等三人，连行三日，滴水未进，又饥又困。到第四日，才寻到一户人家。

这家人儿子儿媳早年病故，只剩一老一少，家中一贫如洗。但穷归穷，老妪倒也热情，见乾隆他们饥饿不堪，便将家中仅有的几个芋艿，煮了，招待乾隆等人。

乾隆吃饱喝足后，大赞："好吃，真乃绝世美味！"即命随从奉上谢银。然，老妪婉拒。

乾隆私访回朝后，食不入味，唯对太仓老妪所煮芋艿念念不忘。朝中御厨只得照样做来。然，精通厨艺、知晓天下名菜做法的御厨们，所煮芋艿都不合乾隆口味。乾隆龙颜大怒，将朝中御厨悉数打入囚牢。

有大臣谏言："陛下何不将太仓老妪接来皇宫，煮于陛下食之？"

乾隆准奏。

不日，使臣便带太仓老妪入宫觐见乾隆。老妪见宝座之上皇帝正是那日在她家吃芋艿之人，吓得浑身瑟瑟发抖。

乾隆笑而曰："休怕，你是朕之救命恩人，朕不会拿你如何，只是朕迷恋上你煮的芋艿，才召你入宫，做予朕食之。"

老妪这才放下心来。但转念一想不对，朝中御厨云集，陛下想吃煮芋艿，怎会千里迢迢找我这个粗野的山间老妪？于是，告于乾隆："陛下见笑了，民妇出身山野，厨艺不精，朝中御厨云集，何须民妇？"

乾隆曰："他们做得不合朕口味，已押解囚牢欲治罪，还是你做于朕食之。"

至此，老妪方知怎么回事，连连叩头谢罪后，曰："民妇愿煮芋艿于陛下吃，但恳请陛下先饿三日，否则民妇死难从命！"

老妪的话，一语惊醒梦中人，令乾隆恍然大悟，原来恋上太仓老妪的煮芋艿，只因那日饥饿过度所致。于是，立即纠正错误，下令释放牢中御厨，并赠予老妪白银百两，让其养老。

这件事后，乾隆觉得要不是老妪一语道破，自己差点枉杀朝中御厨，铸成大错。有此教训，乾隆往后不论遇到什么事情，都是先查清前因后果，再酌情论处。正是这样，乾隆皇帝成为一代明君，名垂青史，受后人敬仰。

当然，以芋艿为代表的太仓美食，也因乾隆皇帝而名扬四海。直到现在，人们去苏州游玩，都要到太仓亲自品尝下曾被乾隆皇帝大赞为“真乃绝世美味”的太仓芋艿，到底是什么味道。

（“江南杯”美食文化文学大赛优秀奖，并入选《舌尖上的太仓》（光明日报出版社））

乾隆皇帝和周庄阿婆茶

"年轻人，你不会是那微服私访的君王吧？"初来周庄喝阿婆茶时，我被热情的茶楼主人一句莫名其妙的玩笑话弄得一头雾水。但当听完背后的故事，却又顿感无比荣幸。

清朝乾隆二十五年，太平盛世，没太多国家事务处理，乾隆皇帝准备再度微服下江南，体察民生疾苦。

茶市酒楼人最杂，乾隆皇帝微服私访从茶市酒楼入手。

可多日下来，乾隆皇帝一无所获，所见之人多是利欲熏心、尔虞我诈之徒。

这日，烈日炎炎，乾隆皇帝徒步行走在周庄大街上，又困又渴。这时，前面一家不起眼的小茶馆里走出一位阿婆，笑着冲乾隆皇帝说："过路的官人，请进屋喝口茶！"

若换往日，乾隆皇帝是绝不会去这种地方的。不是嫌店小，而是孤零零就此一家，怕是黑店。但这回，渴急了，没多想，就跟着阿婆进去了。

店内几个阿婆正围坐在一起喝茶。看乾隆皇帝进来，几个人一挤，便留出个空位儿来。乾隆皇帝也不客气，赶忙上前跟几个阿婆打招呼，并坐了下来。

茶馆虽小，但服务却很讲究，“炖水”“烫茶杯”“撮茶叶”“点茶娘”“上茶果”“冲茶”，每道工序都井然有序。渴急了的乾隆皇帝端起茶杯，抿了一口，在心里说：“呵，不错，都赶上宫廷御茶了。”

乾隆皇帝边喝茶边听阿婆们拉家常。“谁谁谁家的孩子病了没钱看病”“谁谁谁不孝顺老娘”“那个那个官绅又欺压百姓了”……在外人看来，阿婆们聊的都是些东家长西家短的闲话，可乾隆皇帝却听得入了迷。

身为一国之君，微服私访，想了解的不正是这些吗？往后，乾隆皇帝微服私访时，只要是到了江南一带，定要去这家小茶馆喝茶，听阿婆们拉家常。

时间长了，乾隆皇帝不仅知道了他们喝的茶有个很接地气的名儿叫阿婆茶，而且还变着法子惩治阿婆们口中那些欺压百姓的官绅，帮助阿婆口中那些急需帮助的人。看乾隆皇帝老实厚道，又乐于助人、惩恶扬善，阿婆们便送了他一个外号，叫老实人。

老实人，多好一个名字，这是百姓对自己的一种认可啊！阿婆们乐意叫，乾隆皇帝也乐意答应。只是，周庄百姓哪里会想到，阿婆们口中的老实人，就是万岁爷乾隆啊！直到乾隆皇帝驾崩前，这个谜团才得以解开。

嘉庆四年，早已退位的乾隆皇帝病危，什么也不想吃，什么也不想喝，就是想让周庄阿婆们陪他喝喝阿婆茶。朝廷赶忙派人，快马加鞭赶往周庄那家小茶馆，找来几位平日跟乾隆皇帝较熟的阿婆。

“是……是你？！”回到皇宫，阿婆们看到身边病恹恹的老朋友大吃一惊说。

“对，是我，我是你们的老朋友老实人啊！我想请你们来陪我喝喝阿婆茶！”乾隆皇帝看着阿婆们泪眼婆娑着说。

阿婆们这才反应过来，她们的老朋友老实人居然是万岁爷，于是，个个吓得脸色苍白，连连跪地让饶恕她们以前的冒昧之罪。

乾隆皇帝吃力地走过去，把阿婆们一个个扶起来，说：“你们何罪之有，我就是老实人啊！”

阿婆们在皇宫里陪乾隆皇帝喝了阿婆茶，完成了他最后的心愿。临别时，乾隆皇帝含着眼泪叮嘱阿婆们，让泡好阿婆茶在周庄那家小茶馆等着他，等病好了他还会再来的。

可阿婆们走后不久，一代爱民如子的君王乾隆皇帝就驾崩了。

此后的历代君王们，都只知贪图享乐，再鲜有微服私访者，更不会像乾隆皇帝一样，跟周庄阿婆们一起喝茶了。但几百年过去了，周庄历代的阿婆们把阿婆茶泡得更精细，更讲究了，她们觉得有一天，她们的朋友老实人，她们的好君王乾隆皇帝，还会来周庄跟她们一起喝阿婆茶的……

听完茶楼主人的故事，我不由为一代爱民如子的好君王乾隆皇帝致敬，为淳朴善良的周庄阿婆们感动，更为自己能有幸喝上周庄阿婆茶，受到主人接见君王般的礼遇而荣幸！

周庄阿婆茶，一代爱民如子的君王乾隆皇帝的最爱！在周庄喝阿婆茶，享受主人接见君王般的礼遇！远方朋友啊，欢迎来周庄喝阿婆茶，周庄阿婆们随时恭候您的大驾光临！

秀才卖宝戏财主

从前，有个秀才屡试不第，家中一贫如洗，但人倒不错，谁家有红白喜事，让写个字儿啥的有求必应，在乡邻间口碑不错；与之相反，有个大财主，家有良田千顷，金银万贯，却荒淫无度，欺压邻里，乡邻们都对他恨之入骨。

有一回，秀才家里又没米下锅了，娘子又数落起了秀才。秀才沉思片刻后，对娘子说，有了，可以把家里的宝卖了，换钱买米。娘子听了很不屑地白了秀才一眼，在心里说，就你这穷样儿，还有什么宝呢！秀才没向娘子解释什么，倒是被自己想出卖宝的点子，给逗笑了。

说干就干，秀才在镇上摆一张桌子，支起一个摊位，旁边竖一面牌子，上书："我家有四宝，售银一百两，古今学问都靠它，轻轻一挥出妙章！"摊位一经摆出，就引来不少人围观。看过的人，无不对这四宝称奇，但老百姓，哪有一百两银子买这四样宝贝呢？在镇上能拿出一百两银子的就只有大财主了。

正午时分，大财主出现在了摊位前，他细细端详下摊前的牌子，说："真有那么神奇？"秀才说："千真万确，若有半点夸张，甘受惩罚。"财主问："到底是什么宝呢？能不能拿出来先看看？"秀才听了，故意说："我的宝，是便宜出售，不准看，你要就要，不要我也不卖了。"说着，故意装出收摊回家状。

财主是个爱占便宜的主儿，再说这么好的四样宝贝，才卖一百两银子，值了。所以，他赶忙和秀才签好买卖文书，给秀才一百两银子，让赶快拿宝来。

秀才不紧不慢，拿起手中的笔说，第一宝——笔；第二宝——墨；第三宝——纸；第四宝——砚，这里都有了，请你收好了。

财主听后气得哭笑不得，想反悔退银，但秀才说，笔墨纸砚，乃文房四宝，古今学问都要靠它书写记载，每一篇好文章都是用它写出来的，我并没说谎啊！老百姓早就对财主霸道的行为恨之入骨，都无不为秀才的聪明才智拍手叫好，于是，一个个都力挺秀才。

财主虽说财大气粗，非常霸道，但面对众人也没有办法，最后文房四宝也没拿，白白丢下一百两银子走了。

财主走后，秀才把五十两银子分给众人，自己拿着另外五十两，唱着歌儿去米铺买米去了。

（原发 2018 年 4 月 1 日《大江晚报》，《优秀童话世界》2017 年第 12 期，后入选大型丛书《孩子，你与众不同》（青岛出版社））

僧官寺铜钟的故事

相传，重庆僧官寺的铜钟最初并不放在僧官寺钟楼里，而是放在巴县县令刘丙州的府邸。

隋朝末年，巴县连年大旱，饿殍遍野。可是，朝堂荒谬，贪官横行，苛政猛于饿虎，不放粮赈灾不说，反倒加大了赋税。见此情形，勤政爱民的县令刘丙州，身为一方父母官，心中五味杂陈，却又无可奈何。有巫师提议，大人，何不铸口大铜钟，让小的设坛祈雨？刘丙州采纳提议，立命巴县城最好老铸匠铸造铜钟一口。

烈日炎炎，铸炉里烈火熊熊，忙着铸钟的老铸匠汗流浃背，喘息不止。三日之后，大铜钟铸成，重 5340 斤，高二尺，围长两米有余，蔚为壮观。然而，巫师设坛作法祈雨三个时辰，敲钟九九八十一次，别说下雨，太阳火辣辣的，一丝微风都没有。刘丙州不悦，问巫师，何不见雨？巫师曰："铜钟太小，不够洪亮，老天爷听不到。"巫师见祈雨不成，怕刘丙州怪罪，故编此瞎话。刘丙州别无他法，只得命老铸匠再铸大钟。

烈日炎炎，铸炉里烈火熊熊，忙着铸钟的老铸匠汗流浃背，喘息不止。三日之后，大铜钟再次铸成，重 8340 斤，高三尺，围长一丈有余，蔚为壮观。然而，巫师设坛作法祈雨三个时辰，敲钟九九八十一次，仍不见雨下。刘丙州生气，问巫师，何不见雨？巫师曰："铜钟还是太小，不够洪亮，老天爷听不到。欲让老天爷听到下雨，需铸一口重 10064 斤，高五尺，围长一丈四尺八寸大铜钟，重一钱不行，轻一钱不行，大一寸不行，小一寸也不行。"巫师两次祈雨未果，怕刘丙州怪罪，故再编瞎话为难他。刘丙州也已有所怀疑，但为解老百姓燃眉之急，只得死马当活马医，再命老铸匠照巫师吩咐铸口大铜钟。

烈日炎炎，铸炉里烈火熊熊，忙着铸钟的老铸匠汗流浃背，喘息不止。三日之后，大铜钟再次铸成，重 10064 斤，高五尺，围长一丈四尺八寸，跟巫师要求的分毫不差。刘丙州命巫师再祈雨。巫师一看怕了，这回如果再祈雨不成，自己怕非蹲大牢不可。于是，灵机一动，敲了下钟，说："铜钟虽重量大小合适，可声音不够洪亮，老天爷还是听不到。"刘丙州问，如何才够洪亮？巫师为免受惩罚，信口雌黄说："欲让老天爷听到下雨，需在钟里铸进一半周岁男婴，钟声夹杂孩子哭声，才够洪亮，老天爷才能听到。"巫师知道，刘丙州是个好官，绝不会心狠手辣拿孩子做试验。果真，刘丙州听后，就此作罢。

旱情越来越重，老百姓一个个都被渴死饿死，刘丙州看着心急如焚，但又没法解救。实在是没别的办法了，有些深明大义之人，率先抱着自己半岁男婴，来县衙对县令刘丙州说，只要能下场雨解救百姓，愿献出自己孩子铸大铜钟，让巫师祈雨。"荒唐，实在是荒唐！"刘丙州自然不答应。

旱情还在不断加重，眼看全城百姓都要死光了。那些家里有半岁男婴的人家，都抱着孩子在县衙外，跪成了一条长长的队伍。他们都说，愿捐出自己孩子铸钟，恳请巫师祈雨，让刘丙州答应。勤政爱民的县令刘丙州，看着外面下跪的老百姓，再看看越来越严重的旱情，真不知道对他们说什么好。他并不完全相信巫师之言，可这是全城百姓活下去的唯一一点希冀啊！如果再不准许，还真不知还有什么能支撑他们活下去呢？可门外的孩子，都是父母所生，一样的招人喜爱，该让哪个孩子去做这样的牺牲呢？刘丙州彻夜未眠。

旦日，大家见县令刘丙州怀抱一半岁男婴，朝县衙走来。他边走边朝大家喊："乡亲们，快快请起！我答应大家铸钟祈雨，就拿这个孩子铸钟！"知情者都知道，刘丙州手中那男婴，乃他唯一儿子小宝。于是，磕头大呼："大人，万万不可！怎么能拿少爷铸钟？"百姓们听那个孩子是刘丙州之子，都跟着大呼起来："大人，万万不可！大人，万万不可……"可刘丙州决定之事，谁都改变不了。他亲自将儿子小宝丢进铸炉，命老铸匠立马再铸铜钟。

巫师听刘丙州将自己儿子小宝丢进铸炉铸造铜钟，吓破了胆。这下事情闹大了，刘丙州做出这么大牺牲，如果自己还祈不来雨，可怎么办？一急之下，急火攻心，竟一命呜呼了。

但巫师之死并不碍事，刘丙州所作所为，感动了上天。大钟铸成后，竟敲一下，天空乌云密布；敲两下，天空电闪雷鸣；敲三下，大雨倾盆，如泼似倒……

“老天爷，谢谢您！刘大人，谢谢您！”全城百姓都在大雨里狂呼。这场大雨下了一连三天，巴县的老百姓得救了，田里的禾苗见到水分后，也长出一片新绿来。

可他们的父母官刘丙州，却因此失去了自己唯一的儿子。雨后，刘丙州派人把这口用儿子血肉筑成的大铜钟，搬进自己府邸，早晚一炷香，供了起来。从此，巴县再遇天旱，刘丙州便在家敲钟祈雨。

由于年年风调雨顺，人们生活安居乐业，饿死人的事，在巴县再也没发生过。刘丙州死后，巴县百姓为表示对他崇高的敬仰，筹资修僧官寺，并建钟楼，将这口大铜钟搬往了僧官寺钟楼。自此，这口大铜钟躺在僧官寺钟楼，在佛光下，历经风风雨雨，保佑历代百姓平平安安、风调雨顺，直至今日。

（原《巴渝人文》2018 年第 3 期）

◀ 文殊圣母和四棵树

相传，远古时代，鲁山大山深处，有个地方叫四棵树。这里，穷山恶水，人烟稀少，只住着张良、马贪、侯精三人。由于生活在这鸟不拉屎的地方，他们仨日子，一个比一个苦。

这天，不愿再受苦日子煎熬的马贪和侯精，对老实巴交的张良说："张良哥，离我们这个不远，有个修炼成佛的文殊圣母，据说法力无边，我们俩商量去求他赐福，你愿去吗？"张良也穷怕了，听他们这样说，就跟着一起去了。

文殊圣母修炼的地方，在鲁山深山西部的高山上，距离四棵树不算很远，可山路崎岖难行，他们三人手拉着手，走了一天一夜才到。文殊圣母神机妙算，见他们仨，便知来意。于是，对他们笑着说："我这里三样宝，一样重而大，一样金黄色，一样会发光，你们可各选一样。"

马贪和侯精听罢，心里乐开了花，他们都是精明人，已猜出文殊圣母所说的是什么了。重而大的，自然是石头；金黄色的，肯定是黄金；会发光的，肯定是夜明珠。于是，侯精抢先说：“我要会发光的。”马贪看夜明珠已被侯精抢走，生怕黄金再被张良抢走，便忙说：“我要金黄色的。”最后剩下老实巴交的马良，只得是重而大的了。

马贪和侯精猜得没错，他们俩，一个拿到了闪闪发光的夜明珠，一个拿到了黄灿灿的金子，张良得到的只是块普通的大石头。

回来路上，马贪和侯精拿着自己的宝物，高高兴兴地走在前头，张良背着自己的大石头，气喘吁吁紧跟其后。马贪和侯精笑话张良说：“张良哥，这只是一块普通的石头，扔掉算了，别累着了！”宽厚老实的张良听了，说：“这是文殊圣母送的，怎么能轻易扔掉，再累我也得背回去！”马贪和侯精听了，都笑他傻。

前面的山路，越来越崎岖。贪心的马贪，突生出一个念头，到了山崖口，他就把侯精的夜明珠夺回来，再一脚把他蹬下山崖，这样两样宝贝就都是他的了。

可侯精也不是省油的灯，看山路越来越崎岖，他同样想，到了山崖口，他就把马贪的金子夺回来，再一脚把他蹬下山崖，这样两样宝贝就都是他的了。如此，到了山崖口，马贪夺起了侯精的夜明珠，侯精同样夺起了马贪的黄金，二人推来搡去，结果是双双坠入了山崖。

走在后面的张良，见二人坠入山崖，顿时吓傻了。这时候，空中一道金光闪过，文殊圣母现身了。她笑着对张良说：“夜明珠、黄金，可不是什么宝贝，只会害了那些贪婪之人；你背上背的，那才是真正的宝贝，可以帮助勤劳之人！”

话毕，文殊圣母手一挥，悬崖下的马贪和侯精都飞了上来。可刚一到地面，马贪就变成了一把铁锤，侯精变成了一把钢钎。文殊圣母把这两样东西交于张良，说："这也是宝物，你也拿好了，日后自会有用处。"说罢，金光再次闪过，文殊圣母不见了。

张良背着石头走了一天一夜，才回到家。到了家门口，他便把大石头放了下来。可石头落地后，越来越大，最后干脆化成一座石头山。看石头变成石头山，张良心中又惊又喜。

往后的日子，张良就天天琢磨着文殊圣母给他的锤子和钢钎有什么用途，这座石山有什么用途。有一天，他突然想明白了，便开始忙乎起来。

张良拿起钢钎和锤子开始凿石头，凿得手磨出了血泡，他终于凿成一把镬头。有了镬头，张良便开始到处开荒，种小麦、玉米、土豆。

有了田地和粮食，张良又开始用石头凿石盆、石碗、石桌子、石凳子、石床，还为自己用石头垒了个石屋子。

张良的日子慢慢好了起来。

可这时候，张良突然感到非常寂寞。之前，虽说马贪和侯精两个经常欺负自己，但起码还有个跟自己说话的，可现在就剩下自己一个人了。于是，他用钢钎和锤子在石头山上凿石人。凿了一个又一个，不知凿了多少个。寂寞了，他就对着这些石人说话。

文殊圣母知道了，觉得张良可怜，便施法术，让这些石人变成真人，跟张良一起开荒种地，陪张良聊天。其中，有个年轻貌美的女子，还做了张良的妻子，为他生下一大堆孩子。

这样久而久之，四棵树拥有了大量的耕地，人口也越来越多，渐渐形成了一个村落。

（原发《香山文学》2014 年第二期）

梦回唐朝

长安，雨停，近黄昏。

我独步在繁华的街头，找一棵寻死的树。

救命，救命……你在朝我呼救。

一个莽汉在持刀追杀你。

我舍命上前，将莽汉打跑。

你说，是我救了你，愿以身相许。

我说，不用，是你救了我，刚才我还准备找棵树上吊呢，现在觉得活着还有别的意义。

你说，你叫莹莹，是个小家碧玉。

我说，我叫孟郎，是个落第书生。

你面若桃花，楚楚动人。

我英俊潇洒，才高八斗。

你我郎才女貌，天生一对。

你我相差甚远，关于贫富。

我告诉你，我没车，没房，没地位。

你说，没关系，这是唐朝。

你告诉我，你有个姐姐长相奇丑，至今未嫁，要和你共嫁一夫。

我说，没关系，这是唐朝。

你我惺惺相惜，私订终身。

我见到你的姐姐，麻子，驼背，让人发呕。

你说，在我之前有九十九个提亲的，都被她吓跑了。

你还说，我若不愿意，还来得及，反正你们姐妹俩誓死共嫁一夫。

我有些犹豫，但我已爱上了你，我不能背叛爱情，我无法把你忘记。

斟酌，掂量，思考……

最后我告诉你，我无所谓，因为这是唐朝。

你笑了。

你的父亲笑了。

你的姐姐也笑了。

男大当婚女大当嫁，我们定于中秋完婚。

中秋佳节，唢呐声声，鞭炮齐鸣，我用八台大桥来你家迎亲。

上花轿的新娘子只你一人。

我问，你姐姐呢？

你“嘿嘿”直笑。

这时，你的姐姐从屋里走出。

你说，见到丈母娘还不赶快行礼！

我一头雾水。

你的姐姐慢慢撕下面具，变成一个五旬老妇。

你说，此法考验过一百个男人，就我一人经得住考验。

你还说，夫婿好找，真心难求，我就是你今生要找的人。

随后，那天被我打跑的莽汉也从屋里走出。

你说，他是你的哥哥，那天也是你们故意演的戏。

人生本是一场戏。

我笑了。

我笑着从梦中醒来。

时间一下过了一千多年。

简陋的屋子里挤满了人，丈母娘也在，只是你们都没穿唐装。

我正躺在病床上打着点滴。

你们说，我已昏迷三天了。

我不知道，只记得前不久，我公务员考试名落孙山了。

我醒了，丈母娘说话了：要房没房，要车没车，现在公务员也没考上，这婚事黄了。

我没说话。透过玻璃窗户，我隐约看到梦中的莽汉牵着你的手，上了一辆“宝马”。

莽汉是家公司老总。

你是我的未婚媳妇小芳。

我再次昏了过去……

我想再次梦回唐朝，永远不再醒来……

（2016年6月12日《中山日报》；2016年9月18日《宝安日报·打工文学周刊》）

◀ 为鼠记账

清朝康熙年间，有个书生，开着一家小客店，生意不好不坏，刚够养家度日。书生文绉绉的，有点迂腐，但服务态度极好，不管穷人富人，来者是客，有钱现付没钱记账，从不把客人拒之门外。

这消息被一只无家可归的老鼠听到了，来到书生家粮仓，吃起了大米。老鼠见到书生，没有逃跑，它知道书生是个知书达理之人，是不会伤害它的。果真，书生见了笑笑说，老鼠兄弟，欢迎光临！你是现付，还是记账呢？看你远道而来，想必也没带什么钱，就给你记账吧！书生拿起笔墨纸砚，给老鼠记上了账。老鼠看书生这般热情，就住在粮仓里不走了。

邻居知道了，笑书生迂腐可笑，建议他把老鼠赶走。书生笑笑，说，老鼠虽出身卑微，但来者是客，岂有赶走之理？

就这样，老鼠在书生家粮仓里吃住，书生为老鼠记着账，这一晃就是三年。

三年后的一天，书生家来了一老一小两位住宿的商人。可不巧，大小房间都满了，没办法书生就把他们安排在粮仓让凑合一夜。

半夜，老鼠又来吃大米了，见两位商人，像见书生一样，没跑。结果，被小商人一脚下去，灭了性命。

第二天退房时，书生见老鼠死了，勃然大怒，要去见官。两位商人笑道，没伤及人命，见官何用？书生想想也是，就在账房里拿出账本，振振有词地说，这个账该你们结吧！两位商人不知何故，书生解释说，这只老鼠在我家吃住三年，没付一分钱，都是记账的。现在老鼠被你们打死，无处讨账，这钱该你们付！

为老鼠记账头一回听说，商人问，为什么不把老鼠赶走，要留它在粮仓三年？书生答，来者是客，不能因为老鼠卑微，就赶它出门，就像昨晚没房了，我还是留你们住粮仓一样。

商人觉得言之有理，不仅按照书生意思替老鼠结了账，临走时，老商人还在书生店里题字：为鼠记账，宾客至上。

这老商人就是私访民间的康熙皇帝，小商人是随行太监三德子，书生是后来赫赫有名的清朝名商邓焕庄。

书生出身的邓焕壮把人人喊打的老鼠，视为宾客，以礼相待，其做法虽过迂腐，但作为商家，不论客人是穷是富，高贵卑微，有没有现钱，都来者是客，以礼相待，却是经营成功的金钥匙。只有这样，你才能像康熙赏识邓焕壮一样，赢得业界认同，成就一番辉煌事业。

（原发《检察文学》2016 年第 4 期）

◀ 少年炎帝

少年炎帝名叫姜开年，是当时部落首领少典的长子。虽生活在上古时期，但出生在首领家庭的炎帝，一样是当时令人羡慕的贵族公子哥，从小便过着衣食无忧的生活。可与别的贵族公子哥不同的是，炎帝从小天资聪慧，勤奋好学，且有一颗仁慈之心。炎帝长到10岁的时候，便开始跟父亲少典学习射箭，随后不久就跟同部落的臣民一起进山狩猎，一点贵族架子都没。正是因为这样，炎帝从少年时期，就深得人心，受部落上上下下的敬仰与爱戴。

看到儿子如此作为，父亲少典是看在眼里喜在心头。等炎帝长到12岁，父亲便将部落一些事务交给他处理，来锻炼磨砺他，以便日后由他继承自己的“大位”。这一年，13岁的炎帝带着同部落的人去山里采野果子，走到一片山林时，他发现，这里的野果子又多又大，于是，随手摘一颗放口里尝尝，水分饱满，味道可口，非常不错。

“大家别再往前走了，这里的果子不错，今天就在这里摘了！”炎帝向众人喊道。

可今天不知怎么了，平日那些很拥戴炎帝的臣民，像没听见一样，都一个个继续往前走。炎帝不解地问：“今天这是怎么了，都没人听我的了？”这时候，才有一个名叫土旦的老将军开口了：“公子有所不知啊！出门的时候首领有吩咐，这片林子是蚩尤他们部落的，这里的果子摘不得啊！”炎帝听了大惑不解：“蚩尤部落在离我们这上千里之外的南方，这片林子在我们部落的地盘上，怎么就成他们的了？”土旦结结巴巴地说：“不……不知知道，反……反正首领吩咐了就是不能摘！”年少气盛的炎帝听了，一挥手说：“将在外军命有所不受！是我领你们出来的，这会儿我就是你们的首领，听我的就在这里摘了！出了事，由我一人承担！”大家都知道炎帝的性格的，既然他这样说了，回去首领惩罚，他是绝不会连累大家的，于是，都听从炎帝吩咐开始摘果子了。

这片林子非常茂密，果子非常稠密，不到两个时辰就摘了很多筐。炎帝看着这么多的劳动果实，高兴极了，对大家一摆手说：“够了，回家！回去我让首领好好犒赏你们！”大家这才停下来，抬着果筐回家。

“痴儿啊，你惹大麻烦了！谁让你摘那片林子的果子的？”平日十分溺爱儿子的父亲少典气得暴跳如雷。

“是我自己的主意，跟他们都无关，我一人做事一人当！”炎帝低着头说。

“是你的主意，对吧？来人，推出去将这个祸根斩了！”首领少典朝刽子手吆喝道。

"首领，这可使不得啊！公子年少不懂事，都是老臣没看管好，要斩就斩老臣吧！"臣子们一起跪地哀求。

"你要杀年儿（炎帝乳名），就连奴家一起杀了！奴家要跟年儿死在一起！"炎帝的母亲女登也跪下求情。

"父王，就绕过大哥吧！他再也不敢了！"炎帝的弟弟轩辕（黄帝）也跪下向父亲求情。

常言道，虎毒不食子。看众人都求情，本来就舍不得杀儿子的少典，刚好有台阶下，便饶了炎帝一命。

可父亲是不杀炎帝了，但事情并没过去。没多久，蚩尤部落的人便带着军队，来少典部落讨要说法。他们显然是为摘果子的事来的，非要首领少典当面作出解释，不然就要血染少典部落。

年少勇敢的炎帝见了，对来人说："摘果子的人是我，这个事就由我来解释吧！请问，你们部落在千里之外，果子长在我们部落的土地上，怎么就是我们偷摘了属于你们的果子？"

"小屁孩，别插嘴！多嘴要你小命！让你们首领出来跟我们说话，不出来就大开杀戒！"来人威胁道。

少典部落的人见了，有人拦住炎帝不要胡来，有人便进去找首领少典去了。

几分钟后，少典出来了，见了蚩尤部落的人，平日威风八面的少典又是鞠躬又是作揖，赔笑道："多有得罪，多有得罪！犬子不懂事，方才多有冒犯！"

后来事情的处理结果是，少典部落不仅将采摘来的果子，如数退还给蚩尤部落，而且还将那片林子附近另一片原本属于自己部落的果林，也拱手相送，蚩尤部落的人这才撤兵。

通过这件事，原本从小就崇拜父亲少典英雄威武的炎帝，对父亲突然有新的看法。他从记事起，就觉得父亲是个响当当的英雄汉，今天怎么变得如此软弱无能呢？父亲想必是看出了炎帝心思，安慰他说："年儿，不是为父胆小怕事，而是我们的确不是人家的对手啊！"炎帝听了说："您就会长别人志气，灭自己威风！还没作战，您怎么就知道打不过他们？"父亲说："蚩尤部落生活在南方地带，那里禽兽种类繁多，物产丰富，他们的将士都能吃饱，作战能力强；可我们这北方，禽兽稀少，物产匮乏，还要受到外界的掠夺，我们的将士都吃不饱，身体个个虚荣多病，怎么能抵御强大彪悍的敌人啊？"父亲说罢，看着炎帝连连叹气。

自从以来，平日活泼开朗的炎帝，突然一夜之间换了个人儿似的，变得郁郁寡欢起来。弱小就要挨打，弱肉强食的生存原则，成了少年炎帝心头一块最大的结，让他开始思考起了他这个年龄原本不该思考的问题：我们北方物产匮乏，我们将士体弱多病，难道就没有好的解决办法吗？难道我们就眼瞅着挨饿生病吗？难道我们就这样被强大的部落一直欺负吗？……太多太多的心事，困扰着少年炎帝的幼小的心。

因为这件事惹了大麻烦，往后部落内有什么大事，少典都是自己亲自处理，再也不放心交给儿子炎帝了。但尽管这样，在往后几年里，炎帝所在的部落，依然没少受其他强大部落的侵略、欺负。

一晃，炎帝就长到了 18 岁。成年后的炎帝，不听父母的话，结婚生子继承“大业”，而是选择了告别父母，一个人远走他乡，浪迹天涯。

炎帝这回出去，跋山涉水，品尝百草，几次中毒差点丢了性命。后在天神的帮助下，通过一次次观察和试验，他终于发现了能治各种疾病的中草药，并掌握了农作物生长的四季规律。收获满满的炎帝，直到10多年后，才再次回到自己部落。

这时的炎帝已经30多岁了。回来后，他接替父亲的首领之位，开始教大家播种五谷，开创了中华民族农业时代的先河；开始用中草药治病救人，解除人们的病痛之苦，又开创了中华民族医药治病的先河。并且，为了让大家种地不那么辛苦，他又发明了耒耜；为了让自己的医药知识，能够为更多的人服务，他又撰写了中国首本医学专著《神农本草经》等著作。因为贡献突出，炎帝被世人称作神农、太阳神。

自从有了农业，有了医药，炎帝部落的人，能吃饱饭了，生病也能得到有效医治了。就这样，民心所向，炎帝的部落越来越强大。后来，炎帝跟弟弟黄帝联手，一起击败蚩尤部落，并砍下了蚩尤的人头。自此以后，再也没有其他外来部落敢来侵犯了。这时，炎帝才娶赤水之女桑水氏为妻，如父母所愿，跟他的弟弟黄帝一样，生儿育女，繁衍生息，后来便有了我们一代代的华夏儿女。

◀ 仁医杨二虎

常言道："什么好都不如投胎投得好。"在那动乱的年月，杨二虎就投胎投得很好。他虽没出生在官宦之家，也没出生在富商之家，但他出生在了一个中医世家，他爹杨继宗是亳州城里的名医，家里开有"仁心堂"药铺，一出生便衣食无忧。

杨二虎由奶娘翠姑一手带大。他从小天资聪慧，又勤奋好学，且对中医有浓厚兴趣。他爹杨继宗看在眼里，喜在心头。等杨二虎读完几年私塾，杨继宗便正式教他学医，准备将毕生所学全部传授于他，好让他将来替自己接管"仁心堂"。

那年，杨二虎15岁，跟父学医还不到两年，就不仅初步懂得了不少中草药的药效和用量，而且将他爹望闻问切诊断疑难杂症的本事，也已学得了六七分。"真是青出于蓝而胜于蓝，杨二虎往后医术定不在他爹之下！"杨继宗的同行朋友都这样夸杨二虎。可每次有人夸他，杨二虎一点也高兴不起来。

杨二虎自知，自己学得好，并非比别人聪明，而是药铺有五个学徒，他爹只给自己实心实意教，给其他几人根本没用心教。

终于有一天，杨二虎忍不住问他爹杨继宗："爹，几个师兄都跟您快十载了，为啥不像教我一样教他们呢？"杨继宗听后，说："傻蛋，因为他们不是我儿子啊！"杨二虎听后，追问道："不是您儿子，就不能教真本事吗？"杨继宗语重心长地说："痴儿，咱家可是祖传的医术，我把真本事教了别人，亳州城里到处都是名医，咱们吃啥？"杨二虎听后，再次追问："他们都学会了，亳州城里名医多了，更多的人来救死扶伤，不更好吗？"杨继宗听后，没再说话。

论及医术，杨继宗被称为亳州名医，一点都不为过，但要说医德，杨继宗不给徒弟真心传授医术不说，他看病只认钱，如果没钱，就算病人马上要死了，也绝不心软。有一回，"仁心堂"来了对衣衫破烂的老夫妇。老妇肚子疼得厉害，眼看快不行了。老夫跪在地上给杨继宗磕头求救。杨继宗问："带钱来了吗？"老夫说："没有！求您救救我老伴儿，钱日后定当送来！"杨继宗听没带钱来，将头扭过去，任老夫怎么恳求，也不再理睬。半个时辰后，老妇疼痛致死。杨二虎问杨继宗："这病您能治吗？"杨继宗冷笑道："咋不能治？可就差了几吊钱！"杨二虎听了，倒吸一口凉气。

经历这些事后，杨二虎不再信什么医者仁心，变得成天郁郁寡欢。他多次找奶娘翠姑劝说他爹，要他讲医德，可翠姑一个下人，杨继宗怎听她的？后来，不知不觉，杨二虎离开"仁心堂"，失踪了。杨继宗派人找遍了亳州城，后又报了官，可终究还是没杨二虎的下落。

杨二虎，在家排行老二，上面有个哥哥杨大虎。杨二虎离家出走后，杨继宗想让大儿子杨大虎跟自己学医，将祖传医术全部传授于他，让他日后做自己接班人掌管“仁心堂”。可怎奈，杨大虎对中医了无兴趣。到宣统三年，辛亥革命爆发，杨大虎不听他爹杨继宗奉劝，投身革命，不幸光荣牺牲。就这样，杨继宗两个儿子一走一死，祖传的好医术，后继无人。杨继宗又不甘心将祖传医术传于外人，无奈只得含恨带入坟墓。

至于杨二虎，有人说跟他哥哥杨大虎一样，去打仗牺牲了；又有人说，他在经商，跟洋人做买卖，现在富得流油；又有人说，他去了终南山，跟世外高人学道修仙，替他缺德的爹杨继宗赎罪……但到底哪种说法为真，谁也不知道。

民国二十六年，亳州城遭受瘟疫，一个个未成年孩子浑身长满疹子，高烧不停，无人能治。眼瞅着，孩子们一个个在病痛中死去，整个亳州城人心惶惶。有天下午，翠姑丈夫上街回来，对正在鸡窝里捡鸡蛋的翠姑说：“我们亳州城孩子们有救了！今天，我听街上人说，亳州城来个木瓜和尚，医术高明，用秘制木瓜汤把城里孩子的病都治好了！”翠姑听了，一惊，手中两枚鸡蛋，掉地上，碎了。丈夫忙问：“老婆子，你咋啦？”翠姑兴奋地说：“回来了！是杨家二少爷杨二虎回来了！他的小名不就叫木瓜吗？”

这次回来，杨二虎重振祖业，将祖传药铺“仁心堂”重新开了起来了。他翻阅自家祖传的医书，再结合这些年在少林寺学来的佛医，二者合而为一，在亳州城里救死扶伤，发扬光大。很快，跟他爹杨继宗一样，杨二虎成了亳州城的名医。但不同的是，杨二虎做到了真正的医者仁心，给穷人治病向来分文不取，且大量收徒，将医术毫无保留全部传授出去。亳州城的百姓，无人不敬仰他，无人不感念他，还赐了他一个“仁医”的美名。

（原发《佛山文艺》（顺德专号）2021 年第 2 期，荣获“逸康杯”全国文学大赛三等奖）

第五辑 异想天开

◀ 月供老婆

随着超前消费时代的到来，越来越多的东西，都可以分期月供了。到了 2200 年，能分期月供的东西，除了房子、车子、电脑、手机等这些物质生活用品，居然连娶老婆给丈母娘的彩礼，都可以分期月供了。

能分期月供娶老婆，对我们这些娶不起老婆的工薪族来说，可是个天大的好消息啊！由于一直以来的男女比例严重失调，这时候娶老婆送丈母娘的彩礼，已经涨到 200 万 ~1000 万之间了，如果要一次性付清的话，就算一辈子不吃不喝，也赚不够娶老婆的彩礼钱。这下好了，娶老婆能分期了，只需要三成首付就行！这个好消息，让我这个娶不起老婆的穷屌丝，终于看到了曙光。从此，我一不怕苦二不怕累，天天加班加点工作，下班还要找兼职做，并且戒掉烟酒，省吃俭用，一门心思攒娶老婆的首付钱。终于，在我 40 岁那年，勉强攒够了娶老婆的首付。

买房子有贵有便宜，娶老婆的价格也各不相同。年轻漂亮，有气质，学历高的女人，自然是好，可跟一线城市繁华地段的大户型房子一样，价格昂贵，非常人承担得起。所以，我只能跟没钱人买房子，专挑偏僻小县城小户型的二手房一样，降低择偶标准，在那些年龄大，长相丑，没有文化，离过婚的女人里找。经过再三对比，仔细斟酌，半年之后，我终于花 250 万彩礼（首付 75 万，贷款 175 万，40 年），跟一个又老又丑又胖又没文化的离婚女人结婚了。

你可别笑我饥不择食，这年月，能娶到这样的老婆，已相当不错了！就在我结婚不到一个月，娶老婆的彩礼跟房价上涨一样，又涨了一大截；要不是我出手快，这辈子怕都娶不起老婆了。比起那些当初嫌彩礼贵，没有及时出手追悔莫及的人，自己简直太幸运了！

当然，一分钱一分货，我这种花低价娶到的老婆，能力自然强不到哪里去。她由于年龄大，没文化，长相又丑，婚后一直没找到合适的工作，家里的重担由我一个人挑着。我每月不仅要还娶老婆的银行贷款，还要养活她，生活压力之大可想而知。

但娶了这个老婆，我一点也不后悔，回家有人帮忙洗衣做饭了不说，两年后她还为我诞下一个大胖儿子。“不孝有三，无后为大”，儿子出生后，虽说我生活压力更大了，但觉得日子更有了奔头，生命更有了盼头。我这种有妻有子的生活，当时不知羡煞多少人。但只可惜，在这彩礼上涨速度远超过工资上涨速度的年月，大部分还没娶老婆的工薪族，怕挣死累死，一辈子也赚不够娶老婆的首付了。

往后，我继续拼命还着娶老婆的贷款，并抚养儿子一天天长大，供他上幼儿园，上小学，上中学，上大学……终于在 80 岁的时候，我还清了娶老婆欠下的全部贷款。常言道“无债一身轻”，虽然当时我已经老了，可此刻我心里比孩子过年玩鞭炮还要高兴。

可正当我准备轻轻松松跟老婆一起钓鱼，一起种花养鸟，快快乐乐享受生活时，不知是怎么了，老婆突然提出要跟我离婚。她这是怎么了？我们这些年，虽算不上举案齐眉，但也是和和美美，怎么就突然要提出离婚呢？我做错什么吗？我思来想去，也没啊！我自然是坚决不同意离婚。

跟所有闹离婚的女人一样，老婆开始是好言商量，后来是一哭二闹三上吊，再后来威胁要把我告上法庭判决离婚。我实在是受不了，只得妥协。可要死也得死得明明白白，我最后再次问她到底为什么要离婚。逼得实在不行了，她才带着哭腔说：“老头子，咱儿子今年快40岁了吧？可现在彩礼越来越贵，他娶老婆的首付还没攒够一半呢？咱如果不离婚的话，咱儿子这辈子就完了。所以，还是趁着我这把老骨头尚有一口气在，离婚再改嫁一次，还能收点彩礼帮儿子呢！”

真是可怜天下父母心啊！听了老婆的话，我如鱼刺在喉，不知说什么才好。但为了让儿子能娶上老婆，我最终还是答应了离婚。

然而，人算不如天算，还是晚了一步。就在我们去民政局离婚的路上，今年已有85岁的老婆，突发心脏病，一命呜呼了。

我这苦苦月供了40年的老婆，就这样说没就没了……

（原发《岭南小小说》2022年第1期，荣获“邹记福杯”广东省小小说大赛三等奖、第三届广东省小小说“双年奖”三等奖）

跳楼表演

最先有跳楼念头时，连自己都吓了一跳，可现在我真的要去跳楼了。

我要跳楼，绝非偶然。现在是互联网时代，网购取代线下购买，开实体店的，没几个活得舒畅的了。我开有一家手机店，跟所有的同行一样，为了促销大卖，今天搞抽奖，明天送小礼品，后天搞演唱会……各种花样儿都用上了，可业绩还是不佳。现在大家都忙，都浮躁，既对抽奖、送小礼品没兴趣，更没兴致看什么演唱会了。我万分焦急之下，不由萌生出跳楼的念头

当然不是真的要去跳楼，而是跟许多同行一样，“跳楼价”让利销售。但尽管这样，最先有这个念头时，还是连自己都吓了一跳。我的手机店是借高利贷开的，欠着银行一大笔债呢，如果让利甩卖的话，势必赚不到钱还贷。可再没别的办法，我终究还是跟很多同行一样，打出了“跳楼价”让利销售的广告。然后即便这样，手机还是卖不动，现在大家都是“跳楼价”，人家还知道你是真“跳”还是假“跳”。

我打算把手机店转让出去，可还是迟迟没人接手。现在是网络时代，实体店生意越来越难做，网店一不要租金，二不需压货，谁还会再去开实体店。在高利贷的强压下，无力偿还的我，最终选择真去跳楼一了百了。

我选择在城市最神圣的建筑物——教堂的顶层跳下。那天，阳光明媚，我走出店铺，一个人偷偷爬上了教堂的顶层。教堂很高，向下观望，真有点一览众山小的感觉。我对着下面高呼："我生意失败了，我要跳楼！我要一了百了！"

我这一喊，平时匆匆忙忙的行人，都停住脚步，向教堂走来了。别看大家平时都忙，对跳楼都还是很有兴趣的，一会儿，下面就人满为患了。我已很久没见到过这么多人聚在一起了，看下面人群黑压压一片，少说也有万人，并且还有人正不断赶来。我对着下面继续高呼："我生意失败了，我要跳楼！我要一了百了！"

这时候，人群中出现了一些商贩，有卖水果、蔬菜的，有卖皮夹、裤带的，有买围巾、袜子的……还有发廊、手机店、减肥店发广告传单的。他们都向人群不断推销着自己的产品，由于聚的人多，宣传效果不错，商贩们的东西很快就销售不少；平时发广告传单很少有人要，今天大家怕打扰他们看跳楼好戏，也就随手接了。这些我在上面都看到了。我心里那个气啊，这些人真是无孔不入，我要跳楼倒给他们制造一个这么好的商机。但我还是强压心中的怒火，再次朝下面喊了几声："我生意失败了，我要跳楼！我要一了百了！"

这次我准备真要跳了。可就在这时，被一名警察在后面偷偷抱住了腰。警察是什么时候来的，我没察觉，反正我的楼是跳不成了。我下来的时候，听到有人在失望地叹息："警察管什么闲事，要不都真跳了。"也有小贩们在惋惜："警察迟来一会儿就好了，我的东西还没卖完呢！"

我回到店里后，心里还憋着气，一是被警察救了楼没跳成，二是我去跳楼却为别人创造了商机。想到第二点的时候，我大脑里灵光一闪，突然豁然开朗了。现在人们对啥有兴趣？——跳楼。对，人们对抽奖没兴趣，对送礼品没兴趣，对看演唱会没兴趣，却对跳楼有兴趣，要不今天怎么会聚集那么多人呢？我觉得商机来了。

我关了手机店，再次铤而走险借高利贷，开一家策划公司，专门来策划各种"跳楼表演"。我们施行会员制，只有每年缴费的会员，才能出现在我们"跳楼表演"现场推销产品。

"我生意失败了，我要跳楼！我要一了百了！""我失恋了，我要跳楼！我要一了百了！""我儿子不孝顺，我要跳楼！我要一了百了！"……我们演员上演着各种各样的跳楼表演。

不出我所料，现在的人的确对看别人跳楼有兴趣，我们每策划一次"跳楼表演"，都会吸引上万人围观，那些会员商家借机推销自己的产品效果很好，我们的会员越来越多，生意也越来越好。起初怕警察干涉，我们只是悄悄躲在幕后策划，但后面看每次跳楼者都最终获救，不会发生什么事故，警察也懒得管了，我们就光明正大地做生意了。

我们策划公司的影响力越来越大，有不少有商业头脑的人都加盟开起了分公司。我们城市的“跳楼表演”越来越多，虽然每次的结局都大同小异，都是跳楼者最终获救，也有人怀疑是商业策划，但人们对看“跳楼表演”的热情还是丝毫不减，每次观看者依旧是人满为患。

谁说线下销售要完蛋了，自从有了“跳楼表演”，人们日常需要的东西都留在“跳楼表演”现场购买了。马云让电商颠覆了线下销售，而我们的“跳楼表演”，马上又要让线下销售颠覆电商了。很快，我在这个城市成了风云人物。

可正当我扬扬得意之时，出大事了——我们有个演员在上演“跳楼表演”时，不慎失足真从楼上掉了下来，作为总策划，我被警察带走了。

（《嘉应文学》2019 年 2 月刊，荣获“东江书院杯”粤港澳大湾区 小小说大赛三等奖）

豆豆的压岁红包

豆豆是个很聪明的孩子，有年爸爸工作忙过年不能回家，妈妈就锁上家门，带他去爸爸工作的城市陪爸爸过年，但尽管这样，过年时豆豆的压岁红包，一分没少全都收到了。

收红包的办法，是豆豆自己想出来的。临走时，豆豆拿妈妈手机去打印店，把微信二维码打印出来，上面写上："主人过年不在家，要发红包请扫码"，然后贴在了大门上。这样亲戚好友来拜年，看大门锁着，再看看，大门上贴着的二维码，便主动拿出手机扫码给豆豆发压岁红包。

年后亲戚好友知道这点子是豆豆自己想出来的后，无不夸豆豆聪明过人。豆豆听后就骄傲了，到处炫耀自己贴二维码收红包的伎俩。

豆豆向大他一岁的表哥成成炫耀："我贴二维码收红包的招儿高吧，你爸爸来拜年都扫码发我 100 元呢！"

成成听了，吐了下舌头，不以为然地说："这算什么，我还有比你更高的招呢！"

"骗人，有什么更高的招，你说出来啊？"

豆豆问成成什么高招，成成不说话。

……

第二年过年，豆豆的爸爸又工作忙不能回来，妈妈再次锁上家门，带豆豆去爸爸工作的城市陪爸爸过年。临走时，豆豆故伎重演，拿妈妈手机去打印店，把微信二维码打印出来，上面写上："主人过年不在家，要发红包请扫码"，然后贴在了大门上。但奇怪的是，这回过年时豆豆一分钱压岁红包都没收到。

"妈妈，我的压岁红包收到了吗？"豆豆一遍遍催问妈妈。

大过年的图个喜庆，妈妈怕豆豆扫兴，骗他说："放心吧，早就悉数收到了！"

豆豆听了很高兴。

正得意着，家里电话响了，是表哥成成打来的，指名要和豆豆通话。

豆豆一拿起电话，就听到成成在电话那头问："豆豆，今年的压岁红包全部收到了吗？"

豆豆说："当然啦，一分不少全收到了。"

成成说："哄鬼去吧，那天你们刚走，我就偷偷把你贴门上的二维码换成我妈妈的了！"

（原发 2017 年 2 月 5 日《新民晚报》）

滋　味

晌午时分，富人有点困，夫人便给他冲了杯咖啡。夫人知道，富人发财后，口味变了，便特意加了不少糖。但富人刚喝下一口，就冲夫人喊："苦！苦！"夫人二话不说，给他冲上一杯糖水。但富人刚喝下一口，又冲夫人喊："没味！没味！"说着，就把糖水泼在了地上……

别人都以为，富人有豪华的房子，高档的轿车，花不完的钞票，吃鲍鱼海鲜，穿名牌衣服，还有个贤惠娇美的妻子，日子一定过得很甜美。但不知怎么了，当玩遍天下好玩的，吃遍天下好吃的后，富人开始觉得一切都乏味了，就连吃糖，喝蜂蜜水，也不觉得甜了；夫妻感情也没之前和美了，对贤惠娇美的妻子，横挑鼻子竖挑眼，觉得这也不行那也不对，动不动就冲她发火。

起初，富人以为是胃出了问题，去各大医院化验、拍片，打针吃药，但就是不管用。后来，苦恼不已的富人，去教堂向上帝祈祷：

"上帝，你保佑我生活有滋有味，甜甜蜜蜜，我给你一百万美金！”

教堂里一道白光闪过，一位白须老儿站在了富人面前。

“喂，你就是上帝吧？”富人问。

“对，我就是上帝，你是富人吧？”上帝说。

“我是富人，你能保佑我生活变得甜蜜吗？能的话，这卡里一百万美金就归你了。”说罢，富人从包子掏出一张银行卡。

上帝想想，说：“可是可以，可我是上帝，要钱没用处啊！”

富人想想，说：“也是。那我用这一百万给你重修教堂如何？”

上帝笑笑，说：“可以，不过你得亲自做小工才行。”

干力气活儿多累啊，富人犹豫了。

上帝说：“你不想干，那我走了。”

富人实在太厌烦目前乏味的生活了，为了让生活变得甜蜜起来，他答应了上帝的要求。

从此，富人天天起早贪黑和砂浆，搬砖头，扛水泥……风吹日晒，汗流浃背，一天下来累得筋疲力尽。但晚上上帝也不让他闲着，每天下工后，上帝都带富人去一个叫作“苦城”的神秘地方。

“苦城”很繁华，但所有的店名都带个“苦”字儿，苦酒店、苦茶店、苦瓜店、苦橘店、苦菜店……富人看着很不爽，他骂上帝是个骗子，他要甜蜜，却带他来了“苦城”！

“那我回去了，别怪我没帮你哦！”上帝说。

富人将信将疑，跟上帝去了苦酒店，又相继去了苦茶店、苦瓜店、苦橘店、苦菜店……

一一品尝后，上帝问富人：“苦吗？”富人带着哭腔说：“真够苦的，简直是太苦了。”上帝笑笑，接着问：“那这里人过得甜蜜吗？”富人说：“甜蜜啊！尤其是刚从那些‘苦字店’出来的人，脸上都挂满了甜蜜的笑容。这是为什么？”上帝诡秘一笑，不说话。

忙乎一个多月后，上帝的教堂修好了。富人回到了久别的家。夫人赶忙冲上一杯咖啡。接过咖啡，富人喝过一口后连说：“亲爱的，太甜了，你冲的咖啡简直是太甜了！”夫人却想起什么似的，挖一勺子白糖过来，说：“对不起，忘加糖了。”“亲爱的，不用了，已经够甜了。”富人说完，将苦咖啡一饮而尽。

（原发2017年11月12日《中山日报》，荣获第五届“坚信杯“佛山小小说创作大赛优秀奖，并入选《2017佛山小小说选》）

灯都奇遇

大学刚毕业后，经朋友介绍，我在中山古镇一家灯饰配件厂做业务员。中山古镇有“中国灯都”之称，是灯的海洋，更是美女的天堂，“十里灯饰长街”，从街头到街尾，家家店铺的门市小姐，都如花似玉，貌若天仙。那时，没事的时候，我喜欢到灯饰店去看美女，一家一家地看，一个一个地看。顾客是上帝，进去了，不管是来买灯的，还是来打酱油的，美女们都会先倒一杯水，然后再毕恭毕敬地送上一个微笑。

总想着这样就能有艳遇，可我从业务员熬到业务经理，几年时间过去了，艳遇始终没有发生。后来，我都开始怀疑，自己这辈子都再碰不上心仪女孩时，一次奇遇发生了。

我们厂有个不成文的规定，就是每年要组织经理以上的干部出去旅游一回。我刚刚升任业务经理，当然有这个机会。那年，厂里组织我们去内蒙古旅游。

对传说中的茫茫大草原，我早已神往，到了景点，别人都是走马观花随便看看就走，只有我陶醉其中舍不得离开。正是这样，那次旅游中我掉队了。

在城市长大的我，自以为方向辨别能力不错。开始手机还有点电时，我没急着打电话给队伍，到我确定自己迷路时，手机已经没电了。

我在草原上走啊走，就是找不到回去的路。一连两天，我水米未进，感觉又饥又困，到后面干脆晕了过去。

这时候，不知是做梦还是真的，迷迷糊糊中，我看到一个身着古装的美女，在朝我走来。我看到她，吓得浑身瑟瑟发抖。到离我几步远的时候，她停住脚步，笑着对我说："先生，不要怕，你迷路了，我可以帮你回家，但你得答应我一件事。我叫念灯，头上原本有一盏灯，靠它吸收日月精华，修炼了一千年，可后来，这盏灯丢了，我的修炼要前功尽弃了。你在灯都工作，那里是灯的海洋，你一定要帮我把它找回来，找回来……"

"年轻人，醒醒，快醒醒！"突然间，眼前的古装美女不见了，我听到身旁有人在唤我。

我被一个牧羊人救了，他正在给我喂水喝。

我慢慢睁开眼睛，看到不远处，有一只雪白雪白的狐狸，正望着我。听老人们说，千年白万年黑，修炼了千年的狐狸是白色的。

刚才的古装美女，莫非就是它？我顿时感到毛发悚立。

归队后，我把这个怪事告诉一起的同事，他们都笑我是想女人想疯了，灯饰店的门市小姐看多了。我起初有点怕，想想也觉得好笑，不就是个幻觉吗？后来干脆把这件事忘了。

旅游回来后，我没事的时候，还是喜欢去"十里灯饰长街"，到一个个灯饰店看美女，找艳遇。有一天，有个新来的门市小姐递给我一张名片，说：“先生，我叫胡念灯，这是我的名片，以后多加关照！”

我抬头一看，她的模样儿，跟我那次晕倒时看到的古装美女一模一样……

（《岭南小小说》2018 年第 1 期）

免费保姆

亿万富翁50寿宴高朋满座，交杯换盏，兴致正浓，突然，“哐当”一声，出了点事儿。

亿万富翁被酒喝得红扑扑的脸，顿时阴云密布：“不想干就趁早滚蛋，今天什么日子，不知道吗？”原来是小保姆翠云上菜时不小心打碎了一只碗。

翠云是个90后女孩，任性着呢！被骂后，不仅不向亿万富翁低头认错，还顶嘴说：“滚蛋就滚蛋，一月2000元，谁稀罕！”这不分明是公开挑衅亿万富翁抠门吗？亿万富翁不仅是k城最富有的人，还是k城最有头面的人，今天当着这么多人面被一个小保姆公开挑衅，是可忍孰不可忍！亿万富翁气得浑身瑟瑟发抖，当即撂下一句话：“2000元怎么了，我家吃的啥，喝的啥，住的啥，凭这么优越的条件，就算1500元，照样大把人挤破头皮抢着干！反了你？我现在就结工资让你滚蛋！”

翠云走后，大家都打圆场说：“喝酒喝酒，为个小保姆生气不值，凭这么优越的条件，别说1500元了，就1000元也大把人干！”亿万富翁原本为刚才的事还窝火，被这么一抬举，兴致顿时来了，呷一口酒，拍着胸脯，十分傲慢地说：“我还真就要找个 1000 元的！”“必须的，必须的！”

虽说现在到处用工荒找人难，但亿万富翁是谁，吐口唾沫就是钉，既然话撂出去了，就得找个每月只发 1000 元的保姆回来。

第二日，亿万富翁就安排秘书去人才市场公开招聘，并在 k 城大街小巷、同城网，到处贴满了招聘启事。“世上两条腿儿的驴子少有，两条腿儿的人满地都是，凭我这优越条件，就不信没人来！”亿万富翁喃喃自语。

k 城人一听到全城首富亿万富翁家需要一个保姆，就都挤破头皮想去面试，但一听每月才 1000 元，就都泄气了。亿万富家是吃得好，喝得好，住得好，但毕竟每个人都有家庭，这么少的工资怎么生活啊？所以，招聘多日，k 城人都骂亿万富翁铁公鸡一毛不拔，没有一个人愿意去干。

亿万富翁开始有点生气了，这 k 城人脑袋都被驴踢了，我这么优越的条件，怎么就没人愿意来呢？“还是现实点吧，咱家又不缺那点钱！赶快高薪招个算了，洗衣做饭、拖地板、接送孩子上学……我一个人都快累死了！”在厨房洗碗的太太发牢骚说。亿万富翁当然不缺钱，这不是钱的事，关键是面子问题，如果现在突然加薪招聘的话，岂不被人笑话？他亿万富翁在 k 城叱咤风云这么多年，还从没做过被人笑话的事。亿万富翁决定继续坚持 1000 元招聘。

又过多日，还是没人来，累得半死的太太，为这事和亿万富翁吵架几回了。亿万富翁有点急了，但一想到当初在寿宴上撂出去的话，决定继续坚持 1000 元招聘。

又是多日过去，依然没人来，累得还剩半口气的太太，下道最后指令说，再不赶快招个保姆来，这日子就真没法过了。这回亿万富翁有点泄气了，看来这天下真没免费午餐，还是放下面子加薪招聘吧！然而，正准备加薪招聘时，亿万富翁手机响了。是楼下保安打来的，说有个面试保姆的，愿意不要钱免费干，想亲自见你。亿万富翁这下乐了，给太太一个飞吻，说："亲爱的，别说 1000 元了，就凭咱这优越条件，免费也有人愿意干，这不来了。"

几分钟后，门铃响了。亿万富翁抢在太太前面去开门。

只见门外站着个年过七旬的老太太，瘦骨嶙峋，衣衫破旧，手里还拎着一包亿万富翁小时候最爱吃的烤地瓜。

这老太太亿万富翁认识，是他发财后一直遗忘了的亲娘。

（2017 年 9 月 29 日《江苏工人报》，后被《小小说家》《滁州日报》等报刊转发）

◀城市上空的祝福

来天津打拼的老乡告诉我，我的父亲精通了鸟语，一天到晚都在跟鸟儿说话。可我知道，他哪懂什么鸟语啊，那是母亲去世后，他一个人留在乡下，没人陪他说话，孤独难耐时找个活物倾诉罢了。但老乡的话，让我突然觉得，自己有愧于父亲——老人家辛劳一生，而今老了，作为他唯一的儿子，难道我就眼巴巴看着他孤老而终吗？于是，我把父亲接回天津，跟我们一起过城里人的生活。

父亲来到天津后，把儿子可乐坏了，一天到晚缠着爷爷给他讲故事听。妻子是城里人，虽有些不习惯父亲的某些生活习惯，但倒也孝顺，一日三餐专挑老爷子爱吃的做。可我发现，父亲并不快乐，一天没精打采的，似乎是病了。

我问父亲："爹，您是不是哪里不舒服？不行，就带你去医院检查，可千万别硬撑着。"父亲说："我想回乡下！"

听了父亲的话，我有些纳闷了，他在乡下时，一个人孤零零的，只有跟鸟说的份儿，跟我们在一起，一家人有说有笑的，多热闹啊！他为什么想回去，是不是我们什么地方做得不好？

“爹，是不是我们哪里做得不好？您尽管说，我们改就是了。”我对父亲说。

父亲听了笑着说：“傻孩子，你想哪儿去了？你们都是孝子，没有什么做得不好的，只是这城里连声鸟叫都听不到，我住不惯啊！”

我总算是知道父亲不快乐的原因了，原来他想养鸟。也是，城里老人养花养鸟的，谁没个兴趣爱好，我怎么就忽略了父亲的精神生活呢？第二天，我便去鸟市，为父亲买回一只画眉。

这是一只年轻的画眉，毛色顺溜光滑，声音清脆悦耳，儿子左看右看爱不释手。父亲看画眉在笼子里活蹦乱跳，歌声不断，也没话说了。

可没见天，父亲却偷偷把画眉放了。

我问父亲：“爹， 您不是想听鸟叫吗？这画眉好好的，怎么就把它放了呢？”父亲没好气地说：“这哪是什么鸟叫啊？分明就是在骂人！”我听了，取笑父亲说：“爹，我听人说您精通了鸟语，看来是真的，连画眉骂人，您都能听出来！”父亲有些生气地说：“这有什么听不出来的？把你关在笼子里，看你是唱歌还是骂人？我在乡下时，每天早上，鸟儿都在说：‘刘老头，早上好！刘老头，早上好！’然后，还会给唱支歌儿给我听。可这画眉，分明一天到晚都在诅咒我：‘刘老头，去死吧！刘老头，去死吧！’这不是骂人是干啥？”

我听了哈哈大笑。笑过之后，我想，应该是家乡没有画眉，父亲听不惯它的叫声。于是，我再去鸟市，为父亲买回一只黄鹂。

黄鹂是我们老家主要鸟种之一，我从小就是抓黄鹂长大的。我想，这回父亲该满意了吧。

可没几天，父亲又偷偷把黄鹂放了。

这下，我彻底不解了，黄鹂鸟是我们老家的鸟种，父亲在城市见到它，应该是像见到老朋友一样才对，怎么也把它放了呢？

父亲说："这只黄鹂我认识，在乡下时，它经常陪我说话，给我唱歌。可后来不知怎的，它被人捉去装进了笼子。现在刚好遇上了我，它一遍遍在向我求救，我能不把它放了吗？"

听了父亲的话，我真有点哭笑不得。妻子见了，对我说："我看你还是把爹带到鸟市，他觉得那一只合适，就买那一只！"我听了觉得在理。第二天，便带父亲去了鸟市。

鸟市的鸟真多，画眉、黄鹂、鹦鹉、八哥、百灵、黄雀……应有尽有，且叫声一个比一个好听。我对父亲说："您看好了哪一只就说，不管多贵，我们都买！"父亲来来回回在鸟市转几圈后，试探着对我说："儿子，你看咱们把这些鸟全部买下来，好不好？"我听后大吃一惊，对父亲说："爹，这鸟一只最便宜的也要几百元，就算倾家荡产，我也买不起这么多鸟啊！再说了，您要这么多鸟干什么？"父亲说："那就算了，就当我什么也没说！"

这次从鸟市回来，父亲心情更糟了。只是，没再提要回乡下的事。父亲告诉我，他天天晚上都梦见鸟市那些鸟儿在向他求救，让他帮忙把它们解救出来。我知道，父亲他老人家心善，同情这些被人们关在笼子里的小鸟，可我不是富豪，实现不了他老人家这个心愿。但为了让父亲能心情好起来，我和妻子答应他，每月都买两只鸟放生。

父亲从我们住那栋楼入手，先后高价收购了李老头、王老头、张老头、马老头他们的鸟，进行放生。起初，他们都笑话父亲这个乡下来的老头傻，高价买他们的鸟不说，还买去白白放掉了，但跟父亲接触久了，他们就不再这样说了。

父亲告诉他们："你们的鸟儿，成天在骂你们老不死的，你们没听到吗？"他们听了笑着说："没听到啊！按你意思，你花高价把它们买去放了，它们都在感谢你？"父亲说："那是当然了，鸟儿跟人一样，也都爱自由啊！如果谁把你们关在笼子里，你们也骂他祖宗十八代；而对于你们的救命恩人，你们自然会感谢啊！"父亲话丑理端，几个老头听了，觉得颇有几分道理，把卖鸟的钱如数退给父亲不说，还相互成了朋友。

从此，这几个老头自己不玩鸟了不说，还把父亲的话说给其他老头听，劝他们也都把鸟儿放了。起初没人听，但时间长了，有些老头生个病啥的，都怀疑是鸟儿诅咒的结果。于是，也就把鸟儿放了。

很快，春天来了，滨海新区一年一度的观鸟节盛大举行，父亲带领他的老伙伴们去古海岸赏鸟。古海岸是鸟的天然栖息地，水域面积广大，岸边芦苇丛生，环境幽静，空气清新，各类鸟都有。这次赏鸟，老人们都吃惊地发现，这些鸟中，居然有不少就是他们放生的鸟儿。父亲对他们说："听到了吗？这些鸟在对我们说：

‘谢谢人类，你们是我们鸟类永远的好朋友！’”老人们听了，连连说：“听到了啊，鸟儿自由自在的，多欢畅，他们在感谢我们呢！”

这话让那些不愿放生，继续养鸟的老人们感到无地自容，回来后赶忙把自家笼子里的鸟悄悄放飞了。

鸟儿只有在自由自在的情况下，才能献给人类最美的歌声，关在笼子里的鸟儿，唱的是悲曲，是在诅咒人类。在父亲他们的影响下，这个城市的老人，慢慢都不再养鸟了。随之，鸟市上卖鸟的，也渐渐少了起来。老人们想听鸟鸣了，就相约坐公交车去古海岸。这样，不仅锻炼了身体，还听到了真正的鸟鸣，老人们心情舒畅，身体一天比一天好。

从古海岸观鸟归来的人，都笑着对父亲说：“刘老头，看来你真懂鸟语啊！听了自由自在的鸟鸣声后，我们才知道，昔日我们听的笼子里的鸟叫，最多也只能算悲歌了。”父亲听后，笑而不语。

有了鸟儿相伴，父亲很快融于城市，习惯了城里的生活。

往后，父亲继续跟他的老伙伴们放鸟、观鸟。不知从什么时候起，这座城市的上空，开始有鸟群出现，鸟儿们在城市上空，自由地飞翔，欢快鸣叫。父亲见了，对大家说：“听到鸟儿们在说什么了吗？在祝福我们，祝我们健康长寿哩！”

“你个刘老头啊，说你胖你还喘上了，你敢说自己真会听鸟语？”有人笑问父亲。

父亲听了一本正经地说：“鸟跟人一样，只有在自由自在的环境中，才能健康快乐，才能心情舒畅，才能唱出最美的歌！人类把它们当朋友了，它们自然也把人类当朋友；我们爱护它们，它们自然是在祝我们健康，祝我们长命百岁啊！其实，不光是我，你们也懂鸟语，只要用心去听，用良心去听！”

听了父亲的话，老人们赶忙竖起耳朵，去聆听城市上空的鸟鸣。这时，不知谁刚放生的一只鹦鹉，在空中连说两声：

“祝您健康——祝您健康——”

（原发《金田》2019 年第 5、6 期合刊，荣获“自由飞翔”天津滨海观鸟征文大赛一等奖）

谋杀第一名

我是第二名，我想谋杀第一名，谋杀了他，我就是第一名了。

我想谋杀第一名，别说我残忍，我们作协的很多个优秀作家，都被无端谋杀掉了。

我们都是文化人，我准备对第一名先礼后兵：“第一名，我劝你还是封笔吧，否则最近你将遭到……”话到嘴边，我把“谋杀”两个字又咽回去了，怕引起他注意，到时增加不必要的谋杀难度。

第一名说：“第二名，你休想！我偏不封笔，你不就是让我封笔，你当第一名吗？我就是比你强，永远压着你，气死你！”

真是气煞我也！既然来软的不行，就只能来硬的了；既然“礼”不行，就只剩下“兵”了——我下定决心要谋杀第一名。

谋杀的方案有千万种，之前的第一名被谋杀的方式也各不相同：有用被子蒙死的，有碗里下药毒死的，有推进水里淹死的，有半夜放火烧死的，有放出狼狗咬死的……但我谋杀的方式，跟他们都不同，我想把第一名活活气死。

气死人可不是我发明的，“既生瑜何生亮”，早在三国时期，诸葛亮就把气量小的对手周瑜气死了。第一名跟周瑜一样，是个气量小的家伙，于是，我想像诸葛亮气周瑜一样气死他。

周瑜其实比诸葛亮强，能文能武，诸葛亮能文不能武，但还是被诸葛亮气死，是因为他没看到自己的长处。第一名比我有才华，但我可以用我的长处来气死他。我都有哪些长处呢？可多去了，胆大、能吃、能骂……

我使出第一道杀手锏：胆大。我对第一名说："第一名，别看你比我有才华，可你是个胆小鬼！你敢摸美女作家屁股吗？"第一名最怕别人说比他强，气呼呼地说："你敢吗？"我说："当然敢，看好了。"说着，我色眯眯过去，在美女作家屁股上摸了一把。摸完后，我理直气壮地对第一名说："我摸了，你敢吗？"不出我所料，第一名红着脸，看都不敢看美女作家一眼，更别说摸屁股了。我见了哈哈大笑："手下败将，手下败将，手下败将……"当我打机关枪一样，说完第八十一个"手下败将"时，第一名开始咬牙切齿，直翻白眼。可不幸的是，他最终还是没被气死。

我使出第二道杀手锏：能吃。我把第一名带到饭店，点上满满一桌山珍海味，说："第一名，别看你比我有才华，可你饭量像猫一样小！你有我能吃吗？今天谁输了谁埋单！"我们开始大口大口吃了起来。不出我所料，我肚子刚垫底，第一名就抱着肚子吃不下去了。我见了哈哈大笑："手下败将，手下败将，手下败将……"当我再次打机关枪一样，说完第八十一个"手下败将"时，第一名气得口吐美食，直翻白眼。可不幸的是，他最终还是没被气死。但我没有灰心，大概是但凡能人，都跟周瑜一样，非三次不能气死。

我使出第三道杀手锏：能骂。我对第一名说："第一名，别看你比我有才华，可你嘴巴笨！你能骂过我吗？"我搜肠刮肚，把平时听到恶毒的语言全搬了出来："第一名，你从小缺钙，长大缺爱，姥姥不疼，舅舅不爱。左脸欠抽，右脸欠踹。驴见驴踢，猪见猪踩……第一名，你天生就是属黄瓜的，欠拍！后天属核桃的，欠捶！终生属破摩托的，欠踹！找个媳妇属螺丝钉的，欠拧……"第一名不服输，也开始骂我："第二名，你……你……"只可惜，他读那么多书，学的全是好词儿，关键时候一个骂人的词儿也没有。他连说 81 个"你"后，不用我再叫他八十一个"手下败将"，就气得直翻白眼，口吐白沫，一命呜呼了。

我的谋杀成功了，第一名死了，我成第一名了。往后，我再也不用做第二名，给别人当绿叶了。我胜利了，我胜利了……

可就在这时，原来的第三名，现在的第二名，那个被我摸过屁股的美女作家找上我了。她对我说："第一名，我劝你还是封笔吧，否则最近你将遭到……"话到嘴边，她把"谋杀"两个字又咽回去了，怕引起我注意，到时为她增加不必要的谋杀难度。但还是被我猜到了，她这是学我先礼后兵，像我谋杀前一个第一名一样，想谋杀我。我在明处，她在暗处，明枪易躲暗箭难防，这可怎么办？我灵机一动，说："我把第一名让给你吧！以后我把作品有意写差点就好了。"她听了哈哈大笑。

你可别笑我像三国时的阿斗，拱手送江山，把好不容易得来的第一名，拱手让给了别人。我自有我的打算。我们作协都相互谋杀完了，现在就剩下我和第二名两名作家了，我先把第一名让给她，是为了好站在暗处谋杀她，谋杀了她，我就永远是第一名，再也不怕有人谋杀我了。

我开始谋划一场新的谋杀。

台风刮来的爱情

台风过后，树倒了，房塌了，公路堵塞了，整座城市都遭殃了，只有俺这个王八蛋，因祸得福，获得了爱情。这是别人的话，不代表俺的意见。

俺今年三十多了，还光棍一条，没事儿做的时候，喜欢一个人出去看“风景”。俺看的“风景”，不是山也不是水，是美女。眺望美女从远处，蝴蝶般朝俺翩翩而来，再目送美女从眼前，扭动着腰肢儿渐渐远去，直到背影完全消失在视线里，是俺生活中一大快事。

有人问俺怕不怕死，俺说不怕，无牵无挂的怕啥。俺不怕死，更不会怕台风。

台风到来那天，俺一样到街上看“风景”。可惜没看上，美女被台风要来的消息吓得躲屋里不敢出来了。整条街空空的，就一条看似发情的雌性流浪狗，跟俺一起在瞎转悠。

起风了，下雨了，让暴风雨来得更猛烈些吧！半个时辰后，天气骤变，台风要来了。

风大了，雨大了，暴风雨终于到来了！又半个时辰，台风刮起了。

起初，风刮得不大，只能刮走地上的落叶和俺的烦恼；雨下得也不大，只能潮湿地上的尘土和俺的头发。但后面，就越来越大了，大到树木被刮得给大地磕头，大到街道变成小溪，大到俺得找个地儿躲躲。

就在这时，大街上，除了俺和那条看似发情的雌性流浪狗，又多出一只动物。从直立着走路判断，跟俺一样属于高级动物，从衣着打扮判断，跟俺相反是雌性，但就是判断不出年龄和外貌，脸庞早被风吹雨打过的头发遮盖住了。

她被风刮得刹不住脚步，从俺身边过时，抓救命稻草般攥住了俺的胳膊。

她猛地一下，扯得俺骨节生疼，但俺没有呻唤，本能地带她跑了起来。

风和雨，越来越大，树木倒了，房屋塌了，街道上的积水愈来愈多，俺腿脚和胳膊，都没了力量，几次想撒开她，独自奔跑，但都没有。

折腾一刻钟后，俺俩才泊在百货商场结实的车棚下避难。

这时，她梳理被暴风雨吹打过的头发，露出了脸庞。

就在她露出脸庞的那一刻，俺打了一个很夸张的哆嗦。

俺认得她，她就是上个月双喜媳妇儿介绍俺的对象白富美。

相亲那天，她问俺有什么优点，俺就说热心肠、心眼好。

热心肠？心眼好？能当吃当喝吗？

俺说，不能。

既然不能，俺俩也就不可能。

后来，她跟厂长的儿子高富帅好了。

看是她，俺准备走。

她说，等等，俺做你女朋友，中不？

啥？俺没钱！俺以为是自己耳朵出了毛病。

但你热心肠、心眼好啊！

热心肠？心眼好？能当吃当喝吗？俺用相亲那天她说的话问她。

不能当吃当喝，但能救人，你在台风中救了俺，俺就是你的人了。

那高富帅怎么办呢？

别理他，台风来了，他丢下俺一个跑了，他靠不住。

就这样，她成了俺女朋友。

有了漂亮的女朋友，同事和朋友夸俺好人有好报，攀上白富美了。

台风过去三天后就是七夕，有了漂亮的女朋友，今年俺就不再孤单了。

俺提前买好玫瑰花，电话约她。

电话她接了，但没来，说跟高富帅在一起。

你是俺女朋友，怎么跟他一起？

他有车，有房，有大把的钱，你有吗？

俺没有，但俺热心肠、心眼好。

能当吃当喝吗？

都不能，但可以救命，可以在台风中救你的命。俺重复了刮台风那天她说的话。

台风？不是都停了！你还有完没完？她挂了俺电话。

再打过去都是忙音……

台风刮来的爱情，台风停了爱情也就跟着停了？来得快，去得也快？俺不知道。

热心肠、心眼好，能当吃当喝吗？俺也不知道。

俺的内心突然间刮起了台风，12级的，比三天前的，更大，更猛烈！

（原发2017年9月3日《中山日报》）

你敢打我吗

男人对女人疼爱有加，但女人找不到半点幸福感，甚至对她越好，越令她失望。

男人胆小怕事，连只鸡都不敢杀，总受人欺负；女人生性好强，敢作敢为。老天把这样两个人安排在一起，真不应该，可他们已有一双漂亮的儿女。

女人觉得男人精神缺钙，没有男儿气概。有时候，女人甚至希望男人能揍她一顿，可男人只会疼她，在她面前连个大声响都没有。男人越是这样，女人越感到失望。

女人开始不再给男人做饭。女人想，这样男人一定会生气，结婚几年了，她还从没见过男人生气的样子。可每次男人都不声不响，自己下厨做饭，还会特意为女人煎了两个荷包蛋。

女人为惹男人生气，不仅下班后让男人做饭，还让男人为她洗脚。女人想，这样男人一定会生气的，她实在烦透男人这副蔫不拉几的样子了。可没想到，男人还是乐颠乐颠地帮女人洗着脚，一点生气的样子都没有。女人没办法，脚一蹬，把洗脚水溅在了男人脸上。女人想，这下男人肯定要生气了。可男人只是用毛巾擦了下脸上的脏水，丝毫看不出半点不悦的表情。

女人对男人这种“爱”，烦到了极点。于是，她故意找碴儿，动手打男人，边打边说：“你有本事还手啊，你有本事打我啊？”可男人只是躲闪，也不生气，也不还手。

这样的日子实在是过够了。从此，女人出去打牌，酗酒，很晚才回来。女人想让男人揍她，甚至主动提出和她离婚。说实话，如果男人真有这种气魄，她反而不会和男人离婚的，毕竟他们已有一双儿女。而男人缺少的正是这点，她讨厌男人，也正是讨厌这点。可每次半夜回来，男人只给她煲醒酒汤，从没半点怨气。

女人实在没办法了，就告诉男人她有外遇了。她想，这样说，男人一定会生气的，天下哪个男人喜欢戴绿帽子呢？可男人只是一个劲儿劝女人回头，说为了孩子，丝毫没有生气的意思。女人说：“我有外遇了，对不起你了，你打我吧！”男人说：“事情已经做了，我打你也没用了，为了孩子，我希望你能回头。”女人说：“你不打我，我们就离婚，你打啊，有种你打啊？”男人似乎有点生气了，把手举到了半空，但最终轻轻落在了女人脸上。这与其说是打，还不如说是抚摸。

女人为男人下了最后一道通牒：若在三天内不打她，就和男人离婚。男人知道女人言出必行，几次想动手打女人，但手都缩了回去。

最后一天期限到了，男人还是没打女人。女人带男人去了民政局。在民政局，女人再次问男人：“你可敢打我吗？只要你现在打我一记耳光，我们就回家。”男人几次把手举到半空，但又缩了回去。

最终女人失望地和男人离婚了。

走出民政局，女人没搭理男人，准备上一个有钱男人的大奔。但有钱男人下车塞给女人一沓钱说：“抱歉，我只是玩玩你而已，这是给你的补偿！”女人顿时软瘫在了地上。

“畜生！女人是用来疼的，不是玩的，骗女人你还是人吗？”这一幕被男人看到了，他三步并作两步冲过去，在有钱男人脸上狠狠一记耳光。

耳光打得很响，打过后男人的手还在发麻。

胆小怕事的男人此刻哪来这般魄力，女人不知道，男人自己也不知道，这个世上无人能知道。

（原发 2016 年 2 月 12 日《中山日报》）

换 位

跟大多夫妻一样，他们婚后亲热劲儿刚一过，就开始吵架了。男人觉得自己工作累压力大，女人在家带孩子做家务太轻松；女人觉得自己带孩子做家务活儿太多太繁琐，男人只管上班占了便宜。因为这个，他们总是吵个没完。

这天晚上，他们又吵架了。男人说：“我在外受气受累，留你在家里享清闲！”女人说：“我在家带孩子做家务活儿那么多，留你在外逍遥自在！”他们吵到大半夜才停下来。由于吵得太凶，到第二天醒来，还相互不理对方。可让他们奇怪的是，睁开眼睛后，男人发现自己变成了女人，女人发现自己变成了男人。

男人先是大吃一惊，随后很快平静了下来。他想，这样也好，让她也尝尝上班的苦头。女人也先是大吃一惊，随后很快平静了下来。她想，这样也好，让他也尝尝带孩子做家务的苦头。于是，女人代表男人去了男人的公司上班了，而男人留在家替女人带孩子做家务了。

男人在保险公司做业务员。女人上班后，替男人去跑业务。女人带着男人的名片，去小区推广。烈日炎炎，她热得满头大汗，可问了上千个人，没一个愿意买保险。结果回来后，被主管骂了个狗血喷头。她想，自己刚接手还不熟悉业务，过几天应该就好了。可连续一周，她的业绩都是零，气得主管说这样下去，下个月就不要来了。这时，女人才觉得男人上班的不易，开始为之前吵架的事懊悔起来。只是碍于面子，她还不打算这么快跟男人和好。

男人学着女人，一早起来就挎着菜篮子去菜市场买菜。回家后，男人刚要学着女人洗菜做饭，孩子哇哇哭了。男人知道他是饿了，赶忙洗手泡奶粉。可他不知道，多少奶粉兑多少开水，怎么样的温度孩子喝才合适，只得照着说明书一步步来。喂完孩子奶，他继续洗菜，可洗好后却不知怎么炒，反复看了几遍菜谱，才勉强炒好。做完这些后，他已累得满头大汗，可尝一口自己做的菜，简直难以下咽。他想，自己刚接手家务，过几天就熟能生巧了。可连续多日过去，他还是做得一塌糊涂。这时，男人才觉得女人在家带孩子做家务的不易，开始为之前吵架的事懊悔起来。只是碍于面子，他还不打算这么快跟女人和好。

半个月后，女人再也不想代替男人上班了，她祈求上苍，让把自己再变回来；男人再也不想在家带孩子做家务了，他乞求上苍，让把自己也再变回来。有一天早上醒来，男人发现自己变回来了，女人发现自己也变回来了。他们看看对方，相视一笑，相视一笑，谁也没说什么。

往后的日子，男人继续去公司上班，工作还是很累压力很大；

女人继续带孩子做家务，活儿还是很多很繁琐，可奇怪的是，他们自此恩恩爱爱、相互体谅，再也不吵架了。

（荣获第五届“美丽天津·魅力滨海”网络微小说大赛优秀奖）

第三天

张三被无常抓到阎王殿后，阎王查查生死簿，说："抓错了，要抓的不是这个张三！"张三说："那怎么办？"阎王说："既然阳寿未到，那你就重返阳间吧！"张三说："哦！"阎王说："要还阳就赶快回去，超过了三天，想还阳都不行了！"张三说："知道了。"张三口里说知道了，但他听阎王说还有三天机会，便不想急着去还阳，准备先在阴间玩上三天再说。

第一天

张三在世时一直为生计奔忙，从来都没出去旅游过，尚不知阳间有哪些好玩的地方，对于阴间他就更不知了。所以，张三只是一个人在外漫无边际地走着。走着走着，张三来到了一个公园。公园里有莲池，有假山，还有各种花草树木，外观大致跟阳间的公园一样。张三放眼望去，公园最左边有个小广场，有很多人正在跳广场舞。这情形，张三在县城打工时见过，当时他还在心里嘀咕：这城里老人真是闲得慌，有这闲工夫干点啥不好，非要在这里甩胳膊甩腿儿浪费时间呢！可这回张三见了这些人跳广场舞，就更觉得不可思议了，因为他走近一看，跳广场舞的不仅有老人，还有很多年轻人。张三想：如果在阳间，这时候这些年轻人，要么正在工地上汗流浃背地干活，要么正坐工厂流水线上急急忙忙地赶货呢！车贷、房贷像一座大山一样压着，哪有时间在这里跳广场舞呢？于是张三走过去问一个年轻人："小伙子，怎么没去上班？"年轻人听了张三的话，先是一愣，然后笑着对他说："大叔，您是新来的吧？在这里还用上什么班啊？"张三更奇怪了："不上班，哪有钱啊？没钱吃啥用啥啊？"年轻人笑着对他说："这里的人都不差钱啊！光逢年过节，对了，还有忌日，家里人送来的钱都花不完啊！"这回张三总算明白了，他想想自己以往烧给家族中那些故去人烧的纸钱，每年至少也有几百万吧！这样说，做鬼还真不缺钱啊！这样想着，张三感到浑身上下从未有过的轻松，居然也跟在队伍后面，甩着胳膊腿儿跳起了广场舞……

第二天

一天时间一晃而过，第二天张三又一个人在外漫无边际地走着。走着走着，张三来到一个十字路口。就在这个十字路口，张三碰到了一个熟人。这人叫李四，是张三五年前的一个工友，后来他死于一次工伤事故。常言道："老乡见老乡，两眼泪汪汪。"能在阴间碰到李四，张三一时感动得说不出话来。李四倒是很平静，他笑了笑问张三："你也来了？"张三说："来了。"简单寒暄之后，他们就聊起了以前的事情。聊着聊着，就过了半个多钟。

李四看了看表，对张三说：“我要先走了，改天请你喝酒，这会儿我忙着要去收拾一个人呢！”张三问：“去收拾谁呢？”李四说：“村主任！”张三听了顿时吓出一身冷汗，他觉得，村主任就是村里的土皇帝，李四怎么敢收拾他呢？他问李四：“你真敢收拾村主任？”李四说：“这有啥不敢的！村主任这个王八羔子，自从我死后，总是打我媳妇香儿的主意！”张三说：“你收拾村主任，就不怕他给你穿小鞋，不给你批宅基地吗？”李四听了，哈哈大笑说：“你有没搞错啊！咱现在是鬼，他怎么给我穿小鞋，不给我批宅基地呢？”张三想：还真是，以前怕村主任，是因为在村主任的掌管下生活，现在都是鬼了，还怕他做甚？其实，张三在村里也没少被村主任欺负，只是在人家掌管下生活，他一直忍气吞声罢了。

第三天

离三天还阳的期限还剩最后一天了，张三准备去望乡台看看。张三活着时就听人说，死了的人在望乡台上还能看到自己的亲人。张三想去看看，自己死了，女儿们谁哭得最伤心。可才走到半路，张三就碰上了另一个熟人王五。王五是张三邻村的，去年出车祸死的。他看到张三后笑着说：“你也来了。”张三说：来了，你去望乡台了？”王五听了兴高采烈地说：“去了，我儿子今天结婚呢！你也要去望乡台吧？”张三说：是呢，我也去望乡台看看。阎王说我的阳寿还没到，去望乡台看看后，我就准备还阳了。”王五问：“你是怎么死的？”张三说：“我在车间里正干活，突然晕倒了，后面就没气儿了。”王五说：“这样啊！这样的话，我就劝你不要还阳了。其实去年我也是阳寿未到，阎王让我去还阳，但后面我没去。”张三问：“为啥不去呢？”王五说：“我是车祸死的，死后肇事者给我儿子赔偿了 100 万，如果我还阳又活了，这 100 万就没了啊！我儿子这次结婚的钱，就是我的赔偿金啊！现在娶媳妇儿花费那么高，要不然我儿子哪能这么快结婚啊！你是在车间上班死的，老板也得给你赔偿，所以我劝你还是别还阳了。”可怜天下父母心啊！听了王五的话，张三觉得心里酸酸的，他突然也不想去还阳了——因为虽说他的儿女们都已经成家了，但他们生活过得并不宽裕了，如果他突然还阳活过来的话，儿女们那笔刚到手的赔偿金也就没了。

当张三再次回到阎王殿时，阎王问张三怎么没去还阳，张三说：“既来之，则安之，既然来了，就不想再回去了。”阎王听后，叹口气说：“都说人人都贪生，可现在的人怎么一个个都不愿意还阳了呢？”张三听了在心里偷笑：傻子才贪生呢！做鬼多好啊，做鬼不用上班也有人送钱来，做鬼连村主任都敢收拾，另外如果是因为工伤事故做了鬼的话，还能给儿女们带来一笔不菲的收入……

（荣获第三届“邹记福杯”广东省优秀小小说大赛三等奖）

电孵鸡芦花找妈妈

1

芦花是只电孵鸡，身边的小伙伴们都有自己的妈妈，就她没有，为此，经常遭到小伙伴们的嘲笑。于是，芦花决定要找到自己的妈妈。

一个夏日的晌午，暖洋洋的太阳照射着大地，芦花来到了草丛边，看到一只老母鸡带着一群小鸡在寻觅食物。

芦花不由心头一喜：谁说我没妈妈，那只老母鸡不就是我的妈妈吗？于是，芦花边喊边迎上去："妈妈，妈妈，我找到你啦！我终于找到你啦！"

"这里没你的妈妈，快滚快滚！"小鸡们围在一起赶芦花走。

"什么事啊？"老母鸡也跟着过来了。

"妈妈，妈妈，她说你是她的妈妈，我们正赶她走呢！"

"孩子，我不是你的妈妈，你是电孵鸡，是没有妈妈的，你还是走吧！"老母鸡同情地对芦花说。

芦花听了非常难过，还想对老母鸡说点什么，但这时，后面赶来一只大公鸡，朝芦花吼道："哪里来的野种，还不快滚！"说罢，就追赶着要啄芦花。

芦花有些怕了，赶忙撒腿就跑。

2

芦花还是不死心，她不相信自己没有妈妈——没有妈妈自己怎么来的，石头缝儿里蹦出来的？于是，她继续找。

芦花来到了山洞旁，看见一只黄鼠狼在散步，便问："黄伯伯，你见到我的妈妈了吗？"

黄鼠狼朝芦花笑笑，说："见到了，你的妈妈就在这个山洞里，快进去找吧！"

芦花听了，想都没想，就进了山洞。

可没想到，刚一进去，就被黄鼠狼堵到里面了。

"小家伙，你自己找死，谁也没办法，我这就吃了你！"黄鼠狼掉着口水说。

芦花大惊失色，吓得差点晕过去。

但为了活命，芦花只有强作镇定。她见黄鼠狼并没有立马吃了自己的意思，眉头一皱，计上心来。她对黄鼠狼说："如果你足够聪明的话，今天你不仅不会吃我，还会好吃好喝地供养着我！"

"笑话！我为啥不能吃你，还要好吃好喝供着你？"黄鼠狼冷笑着说。

"黄伯伯，有个成语叫'杀鸡取卵'，你该知道吧？如果你现在就吃了我，明天饿了你吃啥？但如果你好吃好喝供着我，几个月后，我就能给你生好多好多的蛋，这样，你这辈子，还要为吃的发愁吗？”

黄鼠狼想想，觉得有道理，当时就饶过了芦花。

可他万万没想到，当天夜里，趁他睡着的时候，机智的芦花就悄悄逃跑了。

3

经历这两次磨难后，芦花变得成熟起来，遇事也不慌张了，只是妈妈没找到，芦花还是不能回家。

芦花来到一个小村里，看到几个小朋友在缠着爷爷奶奶要妈妈。难道他们和自己一样也是电孵的，不知自己妈妈去了哪？有了前两次教训，芦花再也不敢去问别人了，只得悄悄凑上去听。

只听见那些爷爷奶奶对孩子们说：“傻孩子，你们的妈妈去南方打工挣钱了，到过年才回来，到时会给你们买很多漂亮的新衣服的。”

听了这话，孩子们笑了，芦花也笑了。芦花心想，他们的妈妈去南方打工了，没准儿自己的妈妈也去了南方，等过年回来，也会给自己买很多漂亮的新衣服呢！

从此，当小伙伴们再嘲笑芦花没妈妈时，她就说自己妈妈去南方打工了，等过年回来，要给自己买很多漂亮的新衣服。小伙伴们听了，很是羡慕，往后再也没人嘲笑芦花没妈妈了。

可是，很快就过年了，小朋友的妈妈一个个都从南方回来了，就芦花的妈妈没回来。

从此以后，小伙伴们不仅再次嘲笑芦花没妈妈，还都给她起了个外号叫“吹牛大王”。

芦花再也受不了了，她发誓要亲自去南方把自己的妈妈找回来。

4

过了年，等小朋友们的妈妈再回南方打工的时候，芦花就悄悄尾随其后。

到了火车站，小朋友们的妈妈都一个个上了火车。芦花没钱买票，只能等火车开走后，沿着铁轨一路走。

南方简直是太远了，芦花走啊走，还是没有到。但她不回头，她坚信自己的妈妈就在前方，她一定要找回自己的妈妈。渴了，芦花就去小河边找水喝；饿了，芦花就去草丛里找虫子吃；天黑了，芦花就找个角落睡上一觉；刮风下雨了，芦花就去人家屋檐下躲躲……

寒来暑往，不知走了多少路，遭受了多少磨难，可芦花还是没走到南方，没找到妈妈。只是走的路多了，芦花觉得，自己双脚比原来越有力了，翅膀的羽毛也越来越丰满，似乎有种要飞的感觉。

有一天，芦花真的飞了起来。蓝蓝的天空飘着一朵朵白云，自己这只电孵鸡，像天鹅一样，能在天上飞翔了。芦花边飞边喊：“妈妈，妈妈，你在哪里？妈妈，妈妈，你在哪里？”

这时，突然远方传来了天鹅、大雁、孔雀们的声音：“芦花，别喊了，你已经找到自己妈妈了，她的名字叫自强！自强，就是你的妈妈！你现在能飞了，再也不用怕被公鸡啄了，被黄鼠狼吃了，被小伙伴们嘲笑了……

（本文荣获“‘非常梦想’——四川省第五届农民工原创文艺作品大赛入围奖）